電車で行こう！

黒い新幹線に乗って、行先不明のミステリーツアーへ

豊田 巧・作
裕龍ながれ・絵

集英社みらい文庫

目次《もくじ》

的場大樹《まとばたいき》
鉄道《てつどう》の情報《じょうほう》なら、なんでもこいの時刻表《じこくひょう》鉄《てつ》。将来《しょうらい》なりたいのは電車《でんしゃ》のデザイナー
高橋雄太《たかはしゆうた》
あらゆる電車《でんしゃ》に乗《の》りまくりたい乗《の》り鉄《てつ》で、将来《しょうらい》の夢《ゆめ》は電車《でんしゃ》の運転手《うんてんしゅ》になること！
遠藤《えんどう》さん
旅行会社《りょこうがいしゃ》、エンドートラベルの社長《しゃちょう》。駅弁鉄《えきべんてつ》かつ駅《えき》そば鉄《てつ》で、食《しょく》には目《め》がない！

佐川《さがわ》さん
アイドルユニット『F5《エファ》』のマネージャー。実《じつ》は元《もと》アイドルだったという噂《うわさ》が……
今野七海《こんのななみ》
電車《でんしゃ》が好《す》きなお嬢《じょう》さま。乗客《じょうきゃく》に楽《たの》しい旅行《りょこう》を提供《ていきょう》するアテンダントになるのが夢《ゆめ》
小笠原未来《おがさわらみらい》
電車《でんしゃ》の写真《しゃしん》を撮《と》ることが大好《だいす》きなスポーツ万能少女《ばんのうしょうじょ》。将来《しょうらい》の夢《ゆめ》は鉄道《てつどう》カメラマン

1 大樹《たいき》の悩《なや》み

朝《あさ》のニュースでお天気《てんき》キャスターが「福岡《ふくおか》では桜《さくら》が開花《かいか》しました」と笑顔《えがお》でリポートしていた。

来週《らいしゅう》からは、待《ま》ちに待《ま》った春休《はるやす》み。

僕《ぼく》の住《す》む神奈川県《かながわけん》も、もうすぐ春《はる》とばかりに、ぽかぽかの日《ひ》が続《つづ》いている。

そんな日曜日《にちようび》、僕《ぼく》はT3《ティースリー》のメンバーと、新横浜《しんよこはま》にあるエンドートラベルに集《あつ》まっていた。

T3《ティースリー》のミーティングが行《おこな》われる会議室《かいぎしつ》は、正面《しょうめん》と左側《ひだりがわ》が全面《ぜんめん》ガラス張《ば》りの窓《まど》になっていて、他《ほか》の壁《かべ》には新幹線《しんかんせん》のイラストがバーンと一面《いちめん》に描《えが》かれている。

部屋《へや》の真《ま》ん中《なか》にある白《しろ》い長方形《ちょうほうけい》のテーブルを取《と》り囲《かこ》むように、僕《ぼく》らは座《すわ》った。

いつもは、エンドートラベル社長《しゃちょう》の遠藤《えんどう》さんも参加《さんか》しているんだけど、今日《きょう》は忙《いそが》しいみたいで、会議室《かいぎしつ》にいるのはT3《ティースリー》のメンバーの四人《よにん》だけ。全員小学五年生《ぜんいんしょうがくごねんせい》だ。

電車《でんしゃ》に乗《の》るのが好《す》きな『乗《の》り鉄《てつ》』の僕《ぼく》、高橋雄太《たかはしゆうた》は、窓《まど》ぎわの席《せき》に座《すわ》っている。

ここからだと、新横浜駅《しんよこはまえき》に入《はい》ってくる新幹線《しんかんせん》がバッチリ見《み》えるから。

僕《ぼく》の隣《となり》には今野七海《こんのななみ》ちゃん。鉄道初心者《てつどうしょしんしゃ》だけど、鉄道《てつどう》が大好《だいす》きな女《おんな》の子《こ》だ。

七海《ななみ》ちゃんの前《まえ》には電車《でんしゃ》の写真《しゃしん》を撮《と》るのが大好《だいす》きな『撮《と》り鉄《てつ》』の、小笠原未来《おがさわらみらい》。

そして僕《ぼく》の前《まえ》に座《すわ》っているのは、『時刻表鉄《じこくひょうてつ》』にして、T3《ティースリー》の頭脳《ずのう》である的場大樹《まとばたいき》……

なんだけど、今日《きょう》の大樹《たいき》はどこかおかしい。

例《れい》によって集合時間《しゅうごうじかん》にはきっちり正確《せいかく》にやってきたけど、席《せき》に着《つ》いてからは見《み》るからにボンヤリしているんだ。

なにを話《はな》しかけても、

「あぁ、そうだな……」

と、目《め》も合《あ》わさずに小《ちい》さな声《こえ》でボソっと一言《ひとこと》いうだけ。

もともと、余計《よけい》なことは言《い》わないほうだけど、普段《ふだん》の大樹《たいき》と全然違《ぜんぜんちが》う。時刻表《じこくひょう》をテーブルの上《うえ》に広《ひろ》げてもいない。

どうしたんだ？

電車《でんしゃ》の話《はなし》でわくわくどきどき盛《も》りあがりたいのに、大樹《たいき》に元気《げんき》がないと、こっちも調子《ちょうし》が出《で》ないよ。

今日《きょう》のミーティングのテーマは、春休《はるやす》みに行《い》くT《ティー》3《スリー》の旅行先《りょこうさき》について。

あそこに行《い》きたい。ここに行《い》きたい。そっちもいいけど、こっちはどう？

そんなふうに楽《たの》しく話《はな》すはずが、なんとなく空回《からまわ》りしてる感《かん》じ。

「やっぱり、春《はる》だし。『伊豆《いず》クレイル』に乗《の》って、伊豆急下田《いずきゅうしもだ》とかよくない？」

雰囲気《ふんいき》を変《か》えるように、いつもより明《あか》るい声《こえ》で七海《ななみ》ちゃんが言《い》う。

それから七海《ななみ》ちゃんは大樹《たいき》を見《み》た。やっぱり、七海《ななみ》ちゃんも大樹《たいき》のこと、心配《しんぱい》しているみたい。でも、大樹《たいき》は腕《うで》を組《く》んだまま、テーブルの上《うえ》をぼんやり眺《なが》めている。

伊豆《いず》クレイルは、小田原《おだわら》～伊豆急下田間《いずきゅうしもだかん》を土日《どにち》と祝日《しゅくじつ》に一往復《おうふく》しているJR東日本《ジェイアールひがしにほん》の特《とっ》急列車《きゅうれっしゃ》で、651系車両《けいしゃりょう》を使《つか》っている。

しかも、海《うみ》がよく見《み》える区間《くかん》では、一旦停車《いったんていしゃ》や徐行運転《じょこううんてん》をしてくれるんだよ。

「乗《の》りたいけど、伊豆下田《いずしもだ》は少《すこ》し前《まえ》に行《い》ったし、違《ちが》うところにしない？」

僕《ぼく》がそう言《い》うと、七海《ななみ》ちゃんは「ふぇ〜」と不満《ふまん》そうに頬杖《ほおづえ》をついた。

「また行《い》こうよぉ〜。修善寺《しゅぜんじ》には穂《ほの》ちゃんもいるしぃ〜」

ちなみに、穂《ほの》ちゃんとは、僕《ぼく》らが前《まえ》に修善寺《しゅぜんじ》に遊《あそ》びにいった時《とき》に知《し》りあった、同学年《どうがくねん》の女《おんな》の子《こ》。将来《しょうらい》、お家《うち》でやっている旅館《りょかん》のおかみさんになるのが夢《ゆめ》で、大好《だいす》きな伊豆《いず》のことをお客《きゃく》さんにもっと楽《たの》しんでもらいたいって思《おも》ってるんだ。

あの時《とき》僕《ぼく》らは、穂《ほの》ちゃんと一緒《いっしょ》に、伊豆下田《いずしもだ》にある大《おお》きなハートを探《さが》しにいったんだ（くわしくは『ハートのつり革《かわ》を探《さが》せ！　駿豆線《すんずせん》とリゾート21で伊豆大探検《いずだいたんけん》!!』を読《よ》んでね）。

「大樹《たいき》はどう思《おも》う？」

「あぁ、そうだな……」

イラッ!!

話《はなし》をなんにも聞《き》いてないの!?

「あのさぁ――」

思《おも》わず大《おお》きな声《こえ》が出《で》た。未来《みらい》がそんな僕《ぼく》をさえぎるようにすっと手《て》を挙《あ》げる。

「はい！　はい！　は〜い！　私《わたし》は九州《きゅうしゅう》へ行《い》ってみた――い!!」

「きゅ、九州《きゅうしゅう》!?」

あんぐりと僕《ぼく》の口《くち》が大《おお》きく開《ひら》いた。

遠《とお》すぎるし、お金《かね》もかかる。それはどう考《かんが》えても無理《むり》じゃない？

未来《みらい》はさらりと続《つづ》ける。

「みんなは行《い》ったって言《い》うかもしれないけど、私《わたし》一人《ひとり》だけ、行《い》ってないんだもん」

「確《たし》かに……。僕《ぼく》らが九州《きゅうしゅう》でさくらちゃんと出会《であ》った時《とき》に、未来《みらい》はいなかったもんねぇ」

「そうそう！　私《わたし》も九州《きゅうしゅう》の電車《でんしゃ》を撮《と》りたいな〜〜〜!!」

未来《みらい》はテーブルの上《うえ》に乗《の》せるように、グイグイと上半身《じょうはんしん》を伸《の》ばしてくる。

実《じつ》はT3《ティースリー》にはメンバーがもう一人《ひとり》いる。

日本《にほん》のスーパーアイドルにして、T3《ティースリー》の特別《とくべつ》メンバー、森川《もりかわ》さくらちゃんだ。

けれど今《いま》、さくらちゃんは日本《にほん》にいない。アメリカで女優《じょゆう》に挑戦《ちょうせん》している。

さくらちゃんと知《し》りあったのは、僕《ぼく》らが九州《きゅうしゅう》へ行《い》った時《とき》だったんだ。

「でも、僕《ぼく》と大樹《たいき》が九州《きゅうしゅう》へ行《い》ったのは、おばさんの結婚式《けっこんしき》があったからだよ。そこに家族《かぞく》で旅行《りょこう》に来《き》ていた七海《ななみ》ちゃんが合流《ごうりゅう》したんだし。T3《ティースリー》のミーティングで九州《きゅうしゅう》に行《い》くのは、ちょっと難《むずか》しいんじゃない？」

「えーーー！　そこをなんとかなんないかなぁ？」

「どう考《かんが》えても、会費《かいひ》がたまっていないよ」

未来《みらい》は「ぷぅ」と、口《くち》をとがらせた。

僕《ぼく》らT3《ティースリー》は毎月《まいつき》少《すこ》しだけど会費《かいひ》を払《はら》っている。

その会費《かいひ》を積《つ》み立《た》てて、みんなで旅行《りょこう》へ行《い》くことになっているんだ。

会費《かいひ》はあまり高《たか》くないから、なかなか遠《とお》くまでは行《い》けない。

僕《ぼく》はもう一度《いちど》大樹《たいき》の顔《かお》を見《み》た。

「なっ、大樹《たいき》！　九州《きゅうしゅう》へ安《やす》く行《い》く方法《ほうほう》なんてないよなっ！」

「あぁ、そうだな……」

大樹《たいき》はまた素《そ》っ気《け》なく答《こた》える。顔《かお》を上《あ》げもしない。

頭《あたま》の中《なか》で、なにかが「プチ〜ン」と切《き》れた。

僕《ぼく》はガタンと音《おと》をたてて、椅子《いす》から立《た》ち上《あ》がった。

「大樹《たいき》！　みんな真剣《しんけん》に話《はな》しあってんだから、ちゃんとミーティングに参加《さんか》しろよなっ！」

気《き》がつくと、大声《おおごえ》で言《い》っていた。

大樹《たいき》が「はっ」として僕《ぼく》の顔《かお》を見《み》あげた。そして、少《すこ》し怒《おこ》った顔《かお》で僕《ぼく》をにらむ。

「そういう言《い》い方《かた》、ないんじゃないか!? 話《はなし》はしっかり聞《き》いているよっ！」

え〜っ!? 逆《ぎゃく》ギレ？

大事《だいじ》なT3《ティースリー》のミーティングなのに、上《うわ》の空《そら》だったのは大樹《たいき》だ。

それなのに、僕《ぼく》をにらみつけて「そういう言《い》い方《かた》、ないんじゃないか」って言《い》う!?

「しっかり聞《き》いているだって!?」

「そうさ」

うそつけ〜!!

「だったら、誰《だれ》に賛成《さんせい》なんだ。どこへ行《い》きたいんだよ？」

「ぼっ……僕《ぼく》は……」

大樹《たいき》は答《こた》えられなくて、口《くち》ごもる。

「ほらっ、やっぱりなにも聞《き》いてないじゃないかっ！」

僕《ぼく》は、フンッと鼻《はな》から息《いき》を抜《ぬ》いて腕《うで》を組《く》む。

七海《ななみ》ちゃんと未来《みらい》が、そんな僕《ぼく》をなだめるように言《い》う。

「ねぇ雄太君《ゆうたくん》。そんなに熱《あつ》くならなくても……」

「そうよ、雄太《ゆうた》。落《お》ち着《つ》いてよ」

「誰《だれ》だってテンションの低《ひく》い日《ひ》があるわよ」

『ねっ』

なぜか、僕《ぼく》だけが「空気《くうき》の読《よ》めないやつ」みたいに女子《じょし》に言《い》われている。

「悪《わる》いのはどっちだよっ」

僕《ぼく》は、ぶぅと頬《ほお》をふくらませながらドスンと座《すわ》った。

「ねぇ、大樹君《たいきくん》。どうかしたの？」

心配《しんぱい》そうに七海《ななみ》ちゃんが聞《き》く。

「……いや、別《べつ》に」

「いつもの大樹君《たいきくん》じゃないよ。雄太《ゆうた》が大声《おおごえ》を出《だ》したのは、心配《しんぱい》だったからもあると思《おも》うよ」

未来《みらい》も大樹《たいき》の顔《かお》を見《み》つめる。大樹《たいき》は再《ふたた》びテーブルに目《め》を落《お》としてうつむいている。

「もしかしてなにか気《き》になってることがあるの？」

「悩《なや》みがあるなら教《おし》えて、大樹君《たいきくん》」

「私《わたし》たちでよければ力《ちから》になるよ」

「そうだよ。……なにかあれば言《い》えよなっ」

僕《ぼく》も口《くち》をとがらせたまま言《い》った。

「……………」

大樹《たいき》は顔《かお》を上《あ》げると、みんなの顔《かお》を見《み》まわした。それからゆっくり口《くち》を開《ひら》く。

「ご心配《しんぱい》をおかけしてすみません。……悩《なや》み、というのとはちょっと違《ちが》うんですが……」

「悩《なや》みじゃない？」

僕《ぼく》が聞《き》き返《かえ》すと、大樹《たいき》がうなずいて、バッグを開《ひら》いた。

そして、中《なか》から伊豆《いず》クレイルが表紙《ひょうし》の雑誌《ざっし》を取《と》り出《だ》す。

それからぱぱっとめくって、カラーページを広《ひろ》げた。

「なに、これ？」

七海《ななみ》ちゃんと未来《みらい》と僕《ぼく》は、テーブルにおおいかぶさるように上半身《じょうはんしん》を伸《の》ばす。

「えっと……『夢《ゆめ》の車両《しゃりょう》デザインコンテスト』〜？」

未来《みらい》が首《くび》をひねる。

ページいっぱいに、フロントノーズがピーンと突《つ》き出《だ》している、未来《みらい》の電車《でんしゃ》をイメージしたイラストが描《えが》かれている。

「もしかしてこれって、『自分《じぶん》が考《かんが》える夢《ゆめ》の電車《でんしゃ》』をイラストに描《か》いて競《きそ》うの？」

七海《ななみ》ちゃんがつぶやく。文章《ぶんしょう》を読《よ》んでいた未来《みらい》が、「きゃっ」って声《こえ》をあげる。

「優勝賞金《ゆうしょうしょうきん》は百万円《ひゃくまんえん》だよ～!!　すごくない!?」

未来《みらい》の両目《りょうめ》が『￥《えんマーク》』になっているかも。

「それは優勝《ゆうしょう》すればってことだろ、未来《みらい》」

「そうだけど、大樹君《たいきくん》が応募《おうぼ》するんだから、優勝《ゆうしょう》したようなもんじゃない？」

「大樹君《たいきくん》が優勝《ゆうしょう》したら、ステキ！」

七海《ななみ》ちゃんもうっとりした声《こえ》を出《だ》す。僕《ぼく》は腕《うで》を組《く》み、うなずいた。

「確《たし》かにね。大樹《たいき》の夢《ゆめ》は『電車《でんしゃ》のデザイナー』だもんな」

大樹《たいき》はＪＲ九州《ジェイアールきゅうしゅう》を中心《ちゅうしん》に、たくさんの車両《しゃりょう》デザインを手《て》がけている工業《こうぎょう》デザイナーの水《み》戸岡鋭治《とおかえいじ》さんのことが大好《だいす》きで、いっぱい電車《でんしゃ》の勉強《べんきょう》をしている。電車《でんしゃ》に乗《の》る時《とき》も、車両《しゃりょう》やシートの材質《ざいしつ》やデザインをいつも気《き》にしてるもんね。

「それなのになんで元気《げんき》がないの？」

「うん。テンション上《あ》がってもおかしくないのにね……」

僕《ぼく》らが三人《にん》で大樹《たいき》の顔《かお》を見《み》つめると、大樹《たいき》はテーブルにドカンと思《おも》いきり突《つ》っぷして、
大声《おおごえ》でうめいた。


「ああああああああああああああああああああああ！」


おいおいおい！　なっ、なんだ!?　なんだ!?

いつも冷静《れいせい》な大樹《たいき》が、こんな大声《おおごえ》を出《だ》すなんてことは、ありえない。

僕《ぼく》は思《おも》わず体《からだ》を引《ひ》いた。

「どっ、どうしたの!?　大樹君《たいきくん》」

七海《ななみ》ちゃんも未来《みらい》も、ただ驚《おどろ》くばかり。

その時《とき》、大樹《たいき》の口《くち》から意外《いがい》な言葉《ことば》がもれ出《で》た。

「僕《ぼく》……ダメなんです……」

「へっ!?」

「なにが？」

「どうして？」

大樹《たいき》は突《つ》っぷしたまま、つぶやく。

「電車《でんしゃ》のデザイナーになりたくて、たくさんのことを雑誌《ざっし》やインターネットを通《とお》して勉強《べんきょう》してきたつもりなんですが、いざ『自分《じぶん》でデザインしてみよう』とすると……」

『……すると？』

すっと大樹《たいき》は顔《かお》を上《あ》げ、激《はげ》しくまばたきをしながら言《い》う。

「なにも……なにも……思《おも》いつかないんです……」

それから大樹《たいき》は再《ふたた》びテーブルに突《つ》っぷした。

「あぁぁぁぁぁぁぁぁぁぁぁぁ」

またまた、大《おお》きなうめき声《ごえ》。

未来《みらい》はそんな大樹《たいき》をなぐさめるように、背中《せなか》をとんとんと軽《かる》くたたいた。

「大丈夫《だいじょうぶ》だよ、大樹君《たいきくん》ならできるよ。落《お》ち着《つ》いてじっくり考《かんが》えれば、きっとすごいアイディアを思《おも》いつくって！」

「いえ……ここ二週間《しゅうかん》ずっと頭《あたま》が真《ま》っ白《しろ》なんです～」

「にっ、二週間《しゅうかん》も!?」

未来《みらい》の口《くち》がぽかんと開《あ》いた。

「きっと……僕《ぼく》には才能《さいのう》がないんです……」

絞《しぼ》り出《だ》すように大樹《たいき》はつぶやく。

「要《よう》するに大樹《たいき》は、『新《あたら》しい車両《しゃりょう》デザインが思《おも》いつかない』ってことで悩《なや》んでる？」

「そうみたいね」

ムフッと微笑《ほほえ》んだ僕《ぼく》は、パチンと指《ゆび》を鳴《な》らす。

「じゃあ、こんなのはどうだ！」

「こんなの？」

顔《かお》を上《あ》げて大樹《たいき》が僕《ぼく》を見《み》つめる。

「そうだなぁ。先頭車《せんとうしゃ》は蒸気機関車《じょうききかんしゃ》になっていて、時速《じそく》１０００キロくらいで走《はし》る！　後《うし》ろには車両《しゃりょう》を百両《ひゃくりょう》くらい牽《ひ》いてぇ〜、客車《きゃくしゃ》は三階建《がいだ》ての寝台車《しんだいしゃ》や食堂車《しょくどうしゃ》を連結《れんけつ》するだろ。さらには、最後尾《さいこうび》に豪華《ごうか》なデッキの付《つ》いた展望車《てんぼうしゃ》を連結《れんけつ》！　客車内《きゃくしゃない》には売店《ばいてん》、ゲームセンター、大浴場《だいよくじょう》、チャイルドルームも完備《かんび》！」

そんなスーパー列車《れっしゃ》を想像《そうぞう》しただけで僕《ぼく》はニンマリしてしまう。

電車《でんしゃ》のアイディアだったら、すらすら出《で》てくるよ。

「うわ〜楽《たの》しそう〜。そうなったらカラオケルームもあったほうがいいなぁ〜」

「いいねぇ〜電車《でんしゃ》の中《なか》でカラオケできるなんて最高《さいこう》〜!!　だったら……あとねぇ――」

僕《ぼく》と七海《ななみ》ちゃんがキャッキャと盛《も》りあがっていると、

「**なに、適当《てきとう》なこと言《い》ってんだよっ！**」

と、大樹《たいき》は怒《おこ》った声《こえ》を出《だ》して、立《た》ち上《あ》がった。

『え？』

大樹《たいき》は、目《め》を丸《まる》くした僕《ぼく》らをじろりと見《み》まわした。

「もし先頭車《せんとうしゃ》が蒸気機関車《じょうききかんしゃ》なら一九三八年《ねん》にイギリスのマラード号《ごう》が出《だ》した時速《じそく》２０３キロ以上出《いじょうで》るわけがないし、百両《ひゃくりょう》も客車《きゃくしゃ》をつないだら五五八メートルもある日本一長《にほんいちなが》い京都《きょうと》駅《えき》０番線《ばんせん》にだって入《はい》らないだろう！」

矢継《やつ》ぎばやに大樹《たいき》は、僕《ぼく》のアイディアにダメ出《だ》しをする。

「いや……まぁ……そっ、そうだろうけどね……」

「それに三階建《がいだ》てにした車両《しゃりょう》は、全高何《ぜんこうなん》メートルになる？」

僕《ぼく》はたじたじになった。「さぁ〜」と両手《りょうて》を開《ひら》くことしかできない。

「きっと、車両限界《しゃりょうげんかい》を超《こ》えるから架線《かせん》だって切《き》れちゃうよっ！　だいたいさぁ！　そんなスーパー列車《れっしゃ》を造《つく》るのに、いったいいくらかかると思《おも》っているんだよ!?」

声《こえ》を荒《あら》らげて大樹《たいき》は熱弁《ねつべん》をふるう。

こんなに真剣《しんけん》な顔《かお》の大樹《たいき》を見《み》たのは、初《はじ》めてかも。

「造《つく》るのにいくらかかるって!?」

そんなこと考《かんが》えもしなかった。

夢《ゆめ》の電車《でんしゃ》なんだから、「こんな電車《でんしゃ》がいいなぁ」「あんなのが走《はし》ってくれるといいなぁ」

って、夢《ゆめ》をいっぱいに詰《つ》めこんだ電車《でんしゃ》でいいんじゃないかって、思《おも》ったのに。

「あのさぁ、製造費用《せいぞうひよう》までは考《かんが》えなくていいんじゃ――」

「そんなんじゃ！　『車両《しゃりょう》をデザインした』とは言《い》えないよ!!」

僕《ぼく》の言葉《ことば》を大樹《たいき》はピシャリとさえぎる。

「……そっ……それは……そうかもしれないけど……」

あまりの勢《いきお》いに、僕《ぼく》は、思《おも》わず言葉《ことば》に詰《つ》まっちゃった。

「水戸岡鋭治先生《みとおかえいじせんせい》だって自由自在《じゆうじざい》に車両《しゃりょう》デザインをしているわけじゃないんだ。お金《かね》がない時《とき》もあるし、車両《しゃりょう》の大《おお》きさに制限《せいげん》だってある。モーターやエンジン出力《しゅつりょく》を気《き》にして造《つく》らなくちゃいけないから、重《おも》くできない場合《ばあい》だってある。でも、そういうことに悩《なや》みながらも最高《さいこう》の車両《しゃりょう》デザインをするから、水戸岡先生《みとおかせんせい》の電車《でんしゃ》に乗《の》った時《とき》、僕《ぼく》らは『うわっ！』と感動《かんどう》するんじゃないかっ！」

大樹《たいき》は一気《いっき》に言《い》った。

七海《ななみ》ちゃんは素直《すなお》にペコリと頭《あたま》を下《さ》げる。

「ごめんね。大樹君《たいきくん》」

「……七海《ななみ》さん」

「私《わたし》、もっと簡単《かんたん》に考《かんが》えてた。……大樹君《たいきくん》は、車両《しゃりょう》をデザインするってことに、とっても真剣《しんけん》だったんだよね。それをカラオケルームもあったほうがいいとか適当《てきとう》なこと言《い》っちゃって……」

栗色《くりいろ》の髪《かみ》をたらして頭《あたま》を下《さ》げる七海《ななみ》ちゃんを見《み》て、大樹《たいき》は「はっ」とする。

「あっ、すみません。そんな……僕《ぼく》のほうこそ急《きゅう》に大声《おおごえ》をあげてしまって……」

大樹《たいき》はあわてて、手《て》を胸《むね》の前《まえ》で横《よこ》に振《ふ》る。

未来《みらい》が手《て》を伸《の》ばして「落《お》ち着《つ》いて」というように、上下《じょうげ》に振《ふ》った。

「まぁまぁ、みんな、とりあえず冷静《れいせい》になろうよ。さ、水《みず》でも飲《の》んで」

「そ、そうですね」

大樹《たいき》がゆっくりと椅子《いす》に座《すわ》る。

未来《みらい》がペットボトルから水《みず》を注《そそ》いだコップをみんなに配《くば》る。みんなゴクリと喉《のど》を鳴《な》らして、水《みず》を飲《の》んだ。

それからいっせいに、

『はぁぁぁ〜』

と、大《おお》きなため息《いき》をついた。

「僕《ぼく》も悪《わる》かったよ、適当《てきとう》なことを言《い》っちゃって」

「いや……」

大樹《たいき》は、ばつが悪《わる》そうにつぶやく。

僕《ぼく》は腕《うで》を組《く》んだ。

「つまり、大樹《たいき》は『今《いま》すぐにでも走《はし》らせられそうな車両《しゃりょう》をデザインしたい』ってわけなんだよなぁ」

「そうなんだ。僕《ぼく》はちゃんとした車両《しゃりょう》のデザインをしたいんだ。今《いま》あるレールの上《うえ》をちゃんと走《はし》る車両《しゃりょう》を。でも、そうすると、やっぱり、制約《せいやく》がたくさんあって……結局《けっきょく》どこかで見《み》たようなデザインになってしまって……」

大樹《たいき》の肩《かた》がガックリと落《お》ちた。

「ちゃんと走《はし》らせられる電車《でんしゃ》ねぇ〜」

頬《ほお》に人差《ひとさ》し指《ゆび》をちょんちょんと当《あ》てながら未来《みらい》が繰《く》り返《かえ》した。

「そうなると難《むずか》しいかもなぁ」

僕《ぼく》の声《こえ》もなんだか暗《くら》くなる。七海《ななみ》ちゃんが首《くび》をちょこんと傾《かたむ》ける。

「どんなところが難《むずか》しいの？　雄太君《ゆうたくん》」

「だって、車両《しゃりょう》の大《おお》きさはある程度決《ていどき》まっちゃっているし、形《かたち》だって空気抵抗《くうきていこう》を考《かんが》えたら、大樹《たいき》が言《い》うように今走《いまはし》っている新幹線《しんかんせん》や特急列車《とっきゅうれっしゃ》の形《かたち》に、どうしたって似《に》てきちゃうだろうし……」

「そっかぁ～」

「そうなると……、塗装《とそう》や車内《しゃない》デザインで差《さ》を付《つ》けるしかなくなるけど、今《いま》はいろいろな観光列車《かんこうれっしゃ》が走《はし》っているから、それを超《こ》えるデザインを考《かんが》えるのは確《たし》かに大変《たいへん》かもなぁ」

僕《ぼく》は首《くび》の後《うし》ろに両手《りょうて》を組《く》んで、背《せ》もたれにカシャンと体《からだ》をあずけた。

さっきみたいに「なんでもアリのスーパー列車《れっしゃ》」なら、いくらでもアイディアはわいてくる。

だけど、実際《じっさい》に走《はし》らせられるような車両《しゃりょう》となると、話《はなし》は別《べつ》だ。

「じゃあ、『花柄《はながら》』とかどうかな！」

自信満々《じしんまんまん》の顔《かお》で未来《みらい》が、ビシッと右手《みぎて》の人差《ひとさ》し指《ゆび》を立《た》てる。

「花柄《はながら》～？」

「桜《さくら》とか、ひまわりとか、菜《な》の花《はな》とか。路線《ろせん》近《ちか》くで咲《さ》く花《はな》を車体《しゃたい》に描《か》いて走《はし》らせるのよ。ねえ、そんな電車《でんしゃ》が走《はし》ってきたら楽《たの》しそうじゃない？」

僕《ぼく》は、う～ん、とうなった。

「なんかそれ……秋田内陸縦貫鉄道《あきたないりくじゅうかんてつどう》とかで、やっているような気《き》がする。それに『スーパービュー踊《おど》り子《こ》』の車体《しゃたい》にも、桜《さくら》がペイントされていたりするよね？」

未来《みらい》は「そっ、そうなの!?」と一瞬《いっしゅん》ひるんだ。だが、すぐに気持《きも》ちを切《き》り替《か》えたように、またアイディアを出《だ》す。

「だったら、『牛柄《うしがら》』は!?」

簡単《かんたん》にはめげないところが、未来《みらい》のいいところ。

「牛柄《うしがら》～!?　さすがにそれはないと思《おも》うけど……」

「でしょ！　でしょ！　ホルスタインみたいな白《しろ》と黒模様《くろもよう》の電車《でんしゃ》が、のどかな高原《こうげん》の線路《せんろ》を走《はし》っていたらかわいくない？」

僕《ぼく》は「ふぅ」と小《ちい》さなため息《いき》をつく。

「まぁ、確《たし》かにそんな風景《ふうけい》に合《あ》っているっちゃ、合《あ》っているけどねぇ〜」

「他《ほか》にもあるよ！　ヒョウ柄《がら》にシマウマ柄《がら》、パンダ柄《がら》なんてのもかわいいよね、大樹君《たいきくん》！」

右手《みぎて》でポンと肩《かた》をたたかれた大樹《たいき》は、「はぁ、ありがとうございます」と元気《げんき》なく答《こた》える。

そんなんじゃないんだよなぁ……。

せっかくだけど、未来《みらい》のこのアイディアで、大樹《たいき》の悩《なや》みは解決《かいけつ》しないんだ。

大樹《たいき》は、変《か》わった柄《がら》の車両《しゃりょう》デザインをしたいと思《おも》っているわけじゃない。

今《いま》は日本中《にほんじゅう》の鉄道会社《てつどうがいしゃ》がすごくがんばって、楽《たの》しい車両《しゃりょう》をいっぱい走《はし》らせてくれている。

そんな楽《たの》しい車両《しゃりょう》を超《こ》える、思《おも》わず胸《むね》がわくわくしてしまうような列車《れっしゃ》を考《かんが》えようとしているんだ。

大樹《たいき》の尊敬《そんけい》する、水戸岡鋭治《みとおかえいじ》さんのデザインに匹敵《ひってき》するようなアイディアじゃなくっちゃ、意味《いみ》がないんだろうなぁ〜。

これは難問《なんもん》だぞぉ〜。

僕《ぼく》らが腕組《うでぐ》みをして『う〜ん』と悩《なや》みだすと、ガチャンと音《おと》がして会議室《かいぎしつ》の扉《とびら》が開《ひら》いた。

「そういう時《とき》こそ旅行《りょこう》へ行《い》くのが、いいんじゃないのかな？」

遠藤《えんどう》さんがニコニコ笑《わら》いながら会議室《かいぎしつ》に入《はい》ってきた。

『遠藤《えんどう》さん！』

「部屋《へや》に入《はい》ろうとしたら、雄太君《ゆうたくん》の大《おお》きな声《こえ》が聞《き》こえてね。扉《とびら》の向《む》こうで、みんなの話《はなし》を少《すこ》し聞《き》かせてもらっていたんだ」

そう言《い》った遠藤《えんどう》さんの後《うし》ろから、女《おんな》の人《ひと》が入《はい》ってきた。

あっ、あれっ!?　どういうこと？

僕《ぼく》らの目《め》が真《ま》ん丸《まる》になる。

その人《ひと》は、森川《もりかわ》さくらちゃんが所属《しょぞく》するアイドルユニット『F5《エファ》』のマネージャー、佐《さ》川《がわ》さんだった。

マネージャーは、芸能人《げいのうじん》のスケジュールや身《み》の回《まわ》りの世話《せわ》をする人《ひと》のことだ。

T3《ティースリー》のメンバーである森川《もりかわ》さくらちゃんがアメリカへ行《い》ったので、佐川《さがわ》さんがエンドートラベルへ来《く》ることなんて、もうないと僕《ぼく》らは思《おも》っていたんだ。

佐川《さがわ》さんは仕事《しごと》の時《とき》は、メガネをかけて、髪《かみ》の毛《け》をくるっと後《うし》ろで一《ひと》つにまとめている

んだけれど、今日《きょう》はメガネはなし。肩《かた》まである髪《かみ》をふわっとたらしていて、すごくきれいだ。

今《いま》はマネージャーをやっているけれど、さくらちゃんが聞《き》いた噂《うわさ》では、昔《むかし》はアイドルだったらしい。

そんな佐川《さがわ》さんの姿《すがた》を見《み》て、にんまりとした顔《かお》で七海《ななみ》ちゃんが聞《き》く。

「あれ？　どうしたんですか。今日《きょう》はお仕事《しごと》じゃないんですね」

佐川《さがわ》さんは、頰《ほお》を少《すこ》し赤《あか》くして答《こた》える。

「えっ、ええ。今度《こんど》お休《やす》みがあるの。それで旅行《りょこう》に行《い》きたいなって思《おも》って。この季節《きせつ》だったらどこがおすすめなのか、旅行《りょこう》にくわしい

遠藤《えんどう》さんに話《はなし》を聞《き》きたいと思《おも》って伺《うかが》ったの。そうしたら、『今日《きょう》はT3《ティースリー》のみんなが来《き》ていますよ』って。それで少《すこ》しお邪魔《じゃま》させてもらおうかと……」

そう言《い》って、小脇《こわき》に抱《かか》えたタブレットパソコンをちょっと持《も》ちあげる。

「へぇ～そうなんですね。遠藤《えんどう》さんに話《はなし》を聞《き》きたいって……」

七海《ななみ》ちゃんは僕《ぼく》を見《み》て、意味《いみ》ありげにニヤアと笑《わら》う。

なんだ？　なんだ？

それより、僕《ぼく》には佐川《さがわ》さんに聞《き》きたいことがあった。

「さくらちゃんから、連絡《れんらく》はありますか。アメリカでの仕事《しごと》はどうですか？」

僕《ぼく》とさくらちゃんはアドレスを交換《こうかん》したけれど、今《いま》はアメリカへ行《い》ったばかりですごく忙《いそが》しそうで、メールの返事《へんじ》はあまり来《こ》ない。さくらちゃんの邪魔《じゃま》をしちゃいけないような気《き》がして、僕《ぼく》からも最近《さいきん》、出《だ》していないんだ。

「がんばっているわよ。今《いま》は英語《えいご》の発音《はつおん》を徹底的《てっていてき》に習《なら》っているの。それから演技《えんぎ》のレッスンやヴォイストレーニングも。もちろん、ハリウッド映画《えいが》のオーディションも次々《つぎつぎ》に受《う》けているって。えっとねぇ……ほら、これ」

佐川《さがわ》さんが、タブレットパソコンを操作《そうさ》すると、さくらちゃんが画面《がめん》に現《あらわ》れた。

「この間送《あいだおく》ってくれたダンスレッスンの動画《どうが》よ」

プレイボタンをタップすると、レオタードを着《き》たさくらちゃんが踊《おど》りはじめた。

額《ひたい》にいっぱい汗《あせ》の粒《つぶ》が浮《う》かんでいる。真剣《しんけん》な表情《ひょうじょう》で、指先《ゆびさき》、足《あし》の先《さき》まで神経《しんけい》を行《い》き届《とど》かせ、リズミカルに、しなやかに、体《からだ》を動《うご》かしている。音楽《おんがく》に体《からだ》の動《うご》きがぴったり合《あ》っていて、めっちゃ、かっこいい。

「がんばっているんだ、こんなに……さくらちゃん」

「ええ。夢《ゆめ》に向《む》かって努力《どりょく》を続《つづ》けて……あの子《こ》、本当《ほんとう》に偉《えら》いと思《おも》う」

佐川《さがわ》さんが僕《ぼく》に向《む》かってうなずいた。

僕《ぼく》の胸《むね》が感動《かんどう》でいっぱいになる。

遠藤《えんどう》さんはテーブルの奥《おく》のいつもの席《せき》に座《すわ》った。佐川《さがわ》さんはその向《む》かい側《がわ》に座《すわ》る。

「こういう時《とき》こそ、旅行《りょこう》に行《い》くべきだって、どういうことですか？」

大樹《たいき》が遠藤《えんどう》さんにたずねた。七海《ななみ》ちゃんが頬《ほお》に手《て》を当《あ》て、重《かさ》ねてつぶやく。

「電車《でんしゃ》がたくさん保管《ほかん》してある『鉄道博物館《てつどうはくぶつかん》』とか……かな」

「なるほど……参考資料《さんこうしりょう》をたくさん見《み》るわけですね」

ふむ、と大樹《たいき》が考《かんが》えこむ。

遠藤《えんどう》さんは、クルリとみんなを見《み》まわしながら微笑《ほほえ》む。

「いや、アイディアに煮詰《につ》まった時《とき》は、ポーンと気分転換《きぶんてんかん》したほうがいいと私《わたし》は思《おも》うんだ」

『気分転換《きぶんてんかん》!?』

思《おも》わずみんなで聞《き》き返《かえ》す。

「私《わたし》も仕事《しごと》で新《あたら》しい旅行《りょこう》プランを考《かんが》えて行《い》き詰《づ》まることがあるんだけど、そんな時《とき》、他《ほか》の旅行代理店《りょこうだいりてん》のプランを調査《ちょうさ》しても、ほとんど参考《さんこう》にならないんだよ」

それには僕《ぼく》にも少《すこ》し心当《こころあ》たりがあった。

「……父《とう》さんもそんなこと言《い》ってたような気《き》がするなぁ。ゲームをいくらやっても、新《あたら》しいゲームのアイディアは出《で》ないって」

「そういうこと。だから、思《おも》いきって気分《きぶん》を変《か》えてみないかい？」

遠藤《えんどう》さんは、いたずらっ子《こ》のような顔《かお》をして続《つづ》ける。

「そこで私《わたし》から一《ひと》つ、提案《ていあん》があるんだが……」

「わっ、なんですか？　遠藤《えんどう》さん」

目《め》をキラッと輝《かがや》かせて七海《ななみ》ちゃんが聞《き》くと、遠藤《えんどう》さんは「ドン！　ドロロロロロロ……」とドラムロールを口《くち》で奏《かな》でて、ニカッと笑《わら》い、ビシッと右《みぎ》の親指《おやゆび》を立《た》てる。

「エンドートラベルプレゼンツの『ミステリーツアー』さ！」


『ミステリーツアー!?』

みんな、思《おも》わず前《まえ》のめりになった。

だって、めちゃくちゃ楽《たの》しそう！

「どこへ行《い》くのか、どんな電車《でんしゃ》に乗《の》るかもわからない、すべてが謎《なぞ》のミステリーな旅《たび》を、私《わたし》がプロデュースするよ」

遠藤《えんどう》さんは自分《じぶん》の胸《むね》を、グーにした右手《みぎて》でぽんとたたく。

「それって、とってもおもしろそうですね！」

佐川《さがわ》さんがキラキラした目《め》で遠藤《えんどう》さんを見《み》つめる。

七海《ななみ》ちゃんは両手《りょうて》を胸《むね》の前《まえ》で合《あ》わせて、ピョンとはねた。

「なんだかすごいことが起《お》こりそう！」

「行《い》ってみなきゃわからないなんてステキ！　いつもみたいに、ピシッと計画立《けいかくた》てなくていいのも楽《たの》しそう～！」

未来《みらい》の声《こえ》が弾《はず》んでいる。僕《ぼく》もわくわくが止《と》まらない！

「大樹《たいき》、気分転換《きぶんてんかん》に行《い》こうぜ！」

僕《ぼく》は大樹《たいき》を見《み》た。

「どこへ行《い》くのかわからないミステリーツアーですか……」

「大樹君《たいきくん》はいつも、列車《れっしゃ》はもちろん、旅行《りょこう》へ行《い》く場所《ばしょ》についてしっかり調《しら》べてくるけど、今回《こんかい》の旅《たび》はそれはなしだ。なんの予備知識《よびちしき》もなく、列車《れっしゃ》に乗《の》って、旅《たび》そのものを味《あじ》わってもらいたいんだよ」

遠藤《えんどう》さんの目《め》がやさしい。

大樹《たいき》はすっとあごに右手《みぎて》を当《あ》てた。

「……僕《ぼく》にとっては旅行先《りょこうさき》がわからないというのは、初《はじ》めての経験《けいけん》です」

「いつもと違《ちが》う体験《たいけん》をすることが、新《あたら》しいアイディアのネタになるんじゃないかな」

微笑《ほほえ》んだ遠藤《えんどう》さんに、大樹《たいき》はゆっくりうなずく。

「わかりました、遠藤《えんどう》さん。ミステリーツアー、よろしくお願《ねが》いします！」

『わ―――い!!』

僕《ぼく》らはいっせいに飛《と》びあがった。

2 ミステリーツアーに出発《しゅっぱつ》!!

ミーティングから、約一週間後《やくいっしゅうかんご》の早朝《そうちょう》。

僕《ぼく》は東京駅《とうきょうえき》の1番線《ばんせん》ホームにいた。

そう。今《いま》から、遠藤《えんどう》さんプロデュースの「ミステリーツアー」へ出発《しゅっぱつ》するんだ。

「ふわぁぁぁ〜」

思《おも》わず大《おお》きなあくびが出《で》ちゃった。

東京駅《とうきょうえき》に朝《あさ》6時《じ》40分集合《ぷんしゅうごう》ってことで、今日《きょう》はかなりの早起《はやお》きになったから。

僕《ぼく》の家《いえ》は、神奈川県《かながわけん》の相模原市橋本《さがみはらしはしもと》にあるので、東京駅《とうきょうえき》まではちょっと時間《じかん》がかかる。

まず、最寄《もよ》り駅《えき》の京王線《けいおうせん》・橋本《はしもと》を5時《じ》18分《ぷん》に出発《しゅっぱつ》する区間急行新宿行《くかんきゅうこうしんじゅくいき》に乗《の》って、調布《ちょうふ》で京王八王子《けいおうはちおうじ》から来《き》た準特急新宿行《じゅんとっきゅうしんじゅくいき》に乗《の》り換《か》える。この電車《でんしゃ》は新宿《しんじゅく》に6時《じ》3分《ぷん》に到着《とうちゃく》。

それから、新宿《しんじゅく》6時《じ》10分《ぷん》発《はつ》のJR中央線《ジェイアールちゅうおうせん》の各駅停車《かくえきていしゃ》に乗《の》り換《か》え、東京駅《とうきょうえき》に着《つ》いたのは6時《じ》30分《ぷん》ジャストだった。

ホームから、一階《いっかい》のコンコースへ向《む》かって下《お》りる長《なが》いエスカレーターに乗《の》りこむ。日曜日《にちようび》の朝《あさ》の東京駅《とうきょうえき》はお客《きゃく》さんが意外《いがい》に多《おお》く、エスカレーターの左側《ひだりがわ》にはズラリと人《ひと》が並《なら》んでいた。僕《ぼく》の背中《せなか》にはいつも旅行《りょこう》へ持《も》っていくデイパック。

「……今日《きょう》はどこへ行《い》くんだろう？　どんな電車《でんしゃ》に乗《の》るんだろう」

ミステリーツアーなんて僕《ぼく》も初《はじ》めて。ワクワクが止《と》まらない。

遠藤《えんどう》さんからは「一泊分《いっぱくぶん》の荷物《にもつ》は持《も》ってきてね」と言《い》われていた。予算《よさん》の限界《げんかい》もあるし、一泊《いっぱく》だから、それほど遠《とお》くじゃないはず。だったら、北海道《ほっかいどう》、九州《きゅうしゅう》、四国《しこく》はないだろう。

つまり目的地《もくてきち》は「本州《ほんしゅう》のどこか」。

北《きた》へ向《む》かえば東北《とうほく》、西《にし》へ行《い》けば静岡《しずおか》……、いや、『青春《せいしゅん》18きっぷ』を使《つか》えば、もっと遠《とお》くへ行《い》けるかも！

ミステリーツアーが決《き》まってからの一週間《いっしゅうかん》、僕《ぼく》はそんなことをずっと考《かんが》え続《つづ》けていた。

まるで一週間前《いっしゅうかんまえ》から、ミステリーツアーが始《はじ》まっていたみたいな感《かん》じなんだ。

エスカレーターを降《お》りて通路《つうろ》を歩《ある》き、待《ま》ち合《あ》わせ場所《ばしょ》の丸《まる》の内中央口《うちちゅうおうぐち》へ向《む》かう。

天下《てんか》の東京駅《とうきょうえき》「丸《まる》の内中央口《うちちゅうおうぐち》」なんて聞《き》けば、自動改札機《じどうかいさつき》が数十台《すうじゅうだい》並《なら》ぶ巨大《きょだい》な改札口《かいさつぐち》を思《おも》い浮《う》かべちゃうかもしれないけど、実《じっ》はここ、自動改札機《じどうかいさつき》が四台《だい》くらいしかない小《ちい》さな改札口《かいさつぐち》なんだ。

周囲《しゅうい》を白《しろ》い大理石《だいりせき》に囲《かこ》まれていて、上《うえ》に銀文字《ぎんもじ》で「丸《まる》の内中央口《うちちゅうおうぐち》」と書《か》かれているだけなので、ぼんやりしていると通《とお》り過《す》ぎてしまいそうなくらい小《ちい》さい。

改札《かいさつ》の前《まえ》には、七海《ななみ》ちゃんと未来《みらい》がすでに到着《とうちゃく》していた。

朝《あさ》の待《ま》ち合《あ》わせには「必《かなら》ず！」と言《い》ってもいいくらい遅刻《ちこく》する未来《みらい》は、今日《きょう》は失敗《しっぱい》しないようにと、昨日《きのう》から七海《ななみ》ちゃんの家《いえ》に泊《と》まっていて、一緒《いっしょ》に来《き》たんだ。

僕《ぼく》はタタッと二人《ふたり》に駆《か》けよった。

「おっはよ——!!　未来《みらい》、七海《ななみ》ちゃん！」

「雄太君《ゆうたくん》、おはようございます」

ペコリとかわいく頭《あたま》を下《さ》げた七海《ななみ》ちゃんは、大《おお》きなボタンが何個《なんこ》も付《つ》いたレモン色《いろ》のスプリングコートを着《き》ていた。

すそからはスカートのレースがひらひら見《み》えていて、やっぱりお嬢《じょう》さまって感《かん》じ。

「雄太《ゆうた》。おはよう！」

元気《げんき》よく右手《みぎて》を挙《あ》げた未来《みらい》は、ほっそりしたジーンズに、上《うえ》はフライトジャケットっぽいモスグリーンの上着《うわぎ》をはおっている。

僕《ぼく》もフライトジャケットが好《す》きなので、ちょっとうれしくなる。

「未来《みらい》も『MA《エムエー》－1《ワン》』を着《き》るんだね？」

「えっ、えっ、えむえーわん？」

未来《みらい》はキョロキョロと自分《じぶん》の着《き》ていた服《ふく》を見《み》まわす。

「未来《みらい》が着《き》ているそれって、MA《エムエー》－1《ワン》って型番《かたばん》のフライトジャケットなんだよ」

アメリカ軍《ぐん》の戦闘機《せんとうき》パイロットが着《き》るジャケットには、鉄道車両《てつどうしゃりょう》みたいにそれぞれ型番《かたばん》があるんだ。

「へえ、そうなんだ。そんな型番《かたばん》があるなんて全然《ぜんぜん》知《し》らなかった」

「ちょっといい？」

僕《ぼく》はそう断《ことわ》って、未来《みらい》のMA《エムエー》－1《ワン》のすそを少《すこ》しめくる。

「どうしたの？」

「本物《ほんもの》のMA《エムエー》－1《ワン》は、リバーシブルで裏地《うらじ》はオレンジ色《いろ》なんだ」

「表裏《おもてうら》、どっちも着《き》れるってこと？」

「うん、でもこれは違《ちが》うね。米軍《べいぐん》のレプリカだと、リバーシブルなんだけど」

「へぇ。これお姉《ねえ》ちゃんから借《か》りてきたの。いい色《いろ》でしょ」

「かっこいいよ。でも裏地《うらじ》は、やっぱりオレンジ色《いろ》であってほしかったなぁ……」

七海《ななみ》ちゃんが、ちょこんと首《くび》をかしげた。

「裏地《うらじ》がオレンジ色《いろ》なんて、すごく派手《はで》じゃない？」

「それには意味《いみ》があるんだ。乗《の》っていた戦闘機《せんとうき》が故障《こしょう》して海《うみ》に不時着《ふじちゃく》した時《とき》なんかに、早《はや》く自分《じぶん》を発見《はっけん》してもらうための色《いろ》だから。コクピットから脱出《だっしゅつ》したパイロットはMA《エムエー》－1《ワン》を裏返《うらがえ》して着《き》るんだよ。青《あお》い海《うみ》にオレンジ色《いろ》はものすごく目立《めだ》つだろ」

未来《みらい》が、僕《ぼく》の頭《あたま》にすぱんとチョップ。それから腰《こし》に両手《りょうて》を当《あ》てて顔《かお》を突《つ》き出《だ》す。

「鉄道《てつどう》で不時着《ふじちゃく》なんてしないでしょ！　だいたい、私《わたし》は戦闘機《せんとうき》になんて乗《の》らないからっ！」

僕《ぼく》は両手《りょうて》でチョップを入《い》れられた頭《あたま》を押《お》さえながら「てへぇ」と目《め》をつむった。

ちなみに、僕《ぼく》のミリタリー知識《ちしき》は、ゲームデザイナーである父《とう》さんからの受《う》け売《う》り。

ゲームを作《つく》る時《とき》に、こういう知識《ちしき》が必要《ひつよう》なんだって。

ピリリ！　ピリリ！　ピリリ！　ピリリ！　ピリリ！　ピリリ！

「朝《あさ》から駅構内《えきこうない》で、なにをドタバタしているんです？」

腕時計《うでどけい》のアラームを止《と》めながら、大樹《たいき》が僕《ぼく》らを見《み》た。

大樹《たいき》はいつも、腕時計《うでどけい》のアラーム音《おん》とともに、待《ま》ち合《あ》わせ時刻《じこく》ピッタリにやってくる。

つまり、今《いま》が6時《じ》40分《ぷん》ジャストってこと。

白《しろ》と黒《くろ》のボーダーシャツの上《うえ》にブルーのジャケットを着《き》て、下《した》には白《しろ》い細身《ほそみ》のパンツをはいた大樹《たいき》は、いつもどおりちょっと大人《おとな》っぽい。

四人《よにん》で「おはよう〜」ってあいさつしあっていると、すぐに遠藤《えんどう》さんもやってきた。

「やぁ、悪《わる》い悪《わる》い、ギリギリになってしまって……」

遠藤《えんどう》さんはカーキのステンカラーコートを着《き》て、下《した》は白《しろ》のチノパンをはいていた。

「あれ？　佐川《さがわ》さん」

なんと、佐川《さがわ》さんも遠藤《えんどう》さんの後《うし》ろにいた。
これにはちょっと僕《ぼく》らもびっくり。
グレーのワンピースにデニムジャンパーを羽織《はお》る佐川《さがわ》さんは、スタイル抜群《ばつぐん》でかっこい
い。まるで雑誌《ざっし》やポスターから抜《ぬ》け出《で》てきたみたい。
やっぱりさくらちゃんの言《い》っていたとおり、「佐川《さがわ》さんは元《もと》アイドル」なのかも。
フライドチキン屋《や》さんのお腹《なか》の大《おお》きなおじさん人形《にんぎょう》のような、ちょっとメタボな遠藤《えんどう》さ
んの横《よこ》に佐川《さがわ》さんが立《た》つと、すごい不思議《ふしぎ》な感《かん》じ……。
「ミステリーツアーなんてすごく楽《たの》しそうでしょ。せっかくだから遠藤《えんどう》さんにお願《ねが》いして、
私《わたし》も参加《さんか》させてもらうことにしたの。どうぞよろしくお願《ねが》いします」
佐川《さがわ》さんはニコリと笑《わら》って、お辞儀《じぎ》をした。
「へぇ〜じゃあ、今日《きょう》は六人《にん》か」
けれど、遠藤《えんどう》さんはニコニコ顔《がお》のまま首《くび》を横《よこ》に振《ふ》る。
「ミステリーツアーって言《い》っているのに、私《わたし》がずっとついていちゃ、添乗員《てんじょういん》つきのエンド
ートラベルツアーになってしまうだろ？」

なんだか今日《きょう》の遠藤《えんどう》さんは、とても楽《たの》しそう。

「そうかもしれないけれど……行《い》き先《さき》もなにもわからないのに……」

七海《ななみ》ちゃんがちょっと不安《ふあん》な表情《ひょうじょう》で言《い》う。

遠藤《えんどう》さんは余裕《よゆう》たっぷりに、四人分《よにんぶん》のきっぷを差《さ》し出《だ》してニカッと笑《わら》う。

「基本的《きほんてき》に今日《きょう》のミステリーツアーは、君《きみ》たち四人《よにん》だけで行《い》ってもらうよ」

『僕《ぼく》らだけでミステリーツアーへ!?』

T3《ティースリー》だけで電車《でんしゃ》に乗《の》って、泊《と》まりがけの旅《たび》に行《い》くのは初《はじ》めてかもしれない。

ドキドキ感《かん》がまたまた一気《いっき》にアップしてしまう!

でも、たった今《いま》、佐川《さがわ》さんが参加《さんか》するって言《い》ってたけど……?

その疑問《ぎもん》を感《かん》じ取《と》ったかのように、遠藤《えんどう》さんは続《つづ》けた。

「私《わたし》と佐川《さがわ》さんは別行動《べっこうどう》だけど、君《きみ》たちの近《ちか》くにいるから安心《あんしん》して。なにかトラブルがあっても、電話一本《でんわいっぽん》ですぐに駆《か》けつけるからね」

遠藤《えんどう》さんから受《う》け取《と》ったきっぷを見《み》つめて、七海《ななみ》ちゃんがつぶやく。

「最初《さいしょ》の新幹線《しんかんせん》は……、Ｍａｘ《マックス》とき３０３号《ごう》？」

「その新幹線《しんかんせん》に乗《の》って、まずは『越後湯沢《えちごゆざわ》』まで行《い》くんだ」

「越後湯沢《えちごゆざわ》？　スキー場《じょう》が近《ちか》くにたくさんある？」

「そうそう、さすが七海《ななみ》ちゃん、よく知《し》っているね」

「家族《かぞく》でスキーに行《い》ったことがあったから」

続《つづ》けて遠藤《えんどう》さんは、僕《ぼく》に向《む》かって白《しろ》い封筒《ふうとう》を二枚差《まいさ》し出《だ》した。

「そしてこれをリーダーの雄太君《ゆうたくん》に渡《わた》しておくよ」

「これに、なにが入《はい》っているの？」

二《ふた》つの封筒《ふうとう》には、「①」「②」と黒《くろ》ペンで大《おお》きく書《か》かれていた。

「これが本日《ほんじつ》のミステリーさ。越後湯沢《えちごゆざわ》に着《つ》いたら、①って書《か》かれた封筒《ふうとう》を開《ひら》いて、中《なか》の指示《しじ》に従《したが》ってね」

僕《ぼく》が二枚《まい》の封筒《ふうとう》を見《み》せると、みんなはいっせいに目《め》を輝《かがや》かせはじめた。

『おぉぉぉぉ！』

僕《ぼく》の心臓《しんぞう》もバクンとはねあがる。

ちょっとかっこいいよね、こういうのって！

未来《みらい》は封筒《ふうとう》を僕《ぼく》から取《と》って、光《ひかり》で中《なか》を透《す》かしてみる。

「なんか、スパイ映画《えいが》の指令《しれい》みたいじゃない!?」

「きゃ！　スパイもの――!?」

もちろん、こういうことは、七海《ななみ》ちゃんも大好物《だいこうぶつ》。

いつもファンタジー小説《しょうせつ》を読《よ》んだり、アクション映画《えいが》を見《み》ている七海《ななみ》ちゃんは、夢《ゆめ》のあるお話《はなし》が大好《だいす》きなんだ。

「なかなか、楽《たの》しい旅《たび》になりそうですね」

挑戦《ちょうせん》を受《う》ける戦士《せんし》のように、大樹《たいき》はフッと口角《こうかく》を上《あ》げる。

その大樹《たいき》に、遠藤《えんどう》さんはすっと右手《みぎて》を差《さ》し出《だ》した。

「そして、今日《きょう》は大樹君《たいきくん》の手帳《てちょう》とケータイを私《わたし》が預《あず》かるよ」

「ええっ!?」

大樹《たいき》の目《め》が驚《おどろ》きで、見開《みひら》かれた。

「今日《きょう》は〝気分転換《きぶんてんかん》〟へ行《い》くんだからね」

「でもこれは……せっかく旅行《りょこう》に行《い》くのに……」

大樹《たいき》はジャケットから取《と》り出《だ》した手帳《てちょう》をじっと見《み》つめた。

この手帳《てちょう》を大樹《たいき》はいつも大事《だいじ》に持《も》ち歩《ある》いている。中《なか》には大樹《たいき》が調《しら》べた鉄道情報《てつどうじょうほう》がぎっしり書《か》きこまれているんだ。

手帳《てちょう》を手放《てばな》してしまうなんて、大樹《たいき》には考《かんが》えられないことかも。いつも、どこに行《い》く時《とき》も持《も》ち歩《ある》いている相棒《あいぼう》のような存在《そんざい》に違《ちが》いないから。

だが、遠藤《えんどう》さんは励《はげ》ますように続《つづ》ける。

「たまには、いつもと違《ちが》うことをやってみようよ」

「でも、せっかく電車《でんしゃ》に乗《の》るのに、なにか気《き》がついたことはメモしないと……」

大樹《たいき》は、なかなかうんと首《くび》を縦《たて》に振《ふ》らない。

「今回《こんかい》は、メモに頼《たよ》らず、その目《め》で見《み》て、心《こころ》で感《かん》じてみるんだ」

「目《め》で見《み》て……心《こころ》で感《かん》じる？」

遠藤《えんどう》さんがうなずいた。

「大丈夫《だいじょうぶ》！　印象的《いんしょうてき》な光景《こうけい》って、自然《しぜん》と心《こころ》に残《のこ》るものさ。いつでも思《おも》い出《だ》せるし、本当《ほんとう》に大事《だいじ》なことはメモを取《と》らなくても忘《わす》れないよ」

それを聞《き》いて、大樹《たいき》の顔《かお》が、ふわぁ〜と明《あか》るくなっていく。

「わかりましたっ！　僕《ぼく》、今日《きょう》は目《め》で見《み》て、心《こころ》で感《かん》じてみます！」

大樹《たいき》は、手帳《てちょう》とケータイを笑顔《えがお》で遠藤《えんどう》さんに手渡《てわた》した。

遠藤《えんどう》さんのかけ声《ごえ》で、僕《ぼく》らはコンコースを新幹線乗《しんかんせんの》り換《か》え口《ぐち》へ向《む》かって歩《ある》きだす。

丸《まる》の内中央口《うちちゅうおうぐち》から中央通路《ちゅうおうつうろ》を抜《ぬ》けていくと、右前《みぎまえ》に「東北《とうほく》・山形《やまがた》・秋田《あきた》・北海道《ほっかいどう》・上《じょう》越《えつ》・北陸《ほくりく》」方面新幹線《ほうめんしんかんせん》の南乗換口《みなみのりかえぐち》が見《み》えてくる。

「『Ｍａｘ《マックス》とき』は、何新幹線《なにしんかんせん》かなぁ？」

わくわくした顔《かお》で、列車案内板《れっしゃあんないばん》を七海《ななみ》ちゃんが見《み》あげる。

「上越新幹線《じょうえつしんかんせん》だよ」

「さすが雄太君《ゆうたくん》、すぐにわかるんだね」

「上越《じょうえつ》新幹線《しんかんせん》には新潟《にいがた》まで走《はし》る『とき』と、越後湯沢《えちごゆざわ》までしか行《い》かない『たにがわ』の二種類《しゅるい》しかないからね」

緑《みどり》の自動改札機《じどうかいさつき》が五、六台並《だいなら》ぶ改札口《かいさつぐち》を僕《ぼく》らはいっせいに通《とお》り抜《ぬ》ける。

一番後《いちばんうし》ろを歩《ある》く大樹《たいき》が、いつもの大《おお》きな時刻表《じこくひょう》を開《ひら》いて言《い》った。

「Ｍａｘ《マックス》とき３０３号《ごう》は、20番線《ばんせん》です！」

「さっすが！　大樹君《たいきくん》」

パチンと指《ゆび》を鳴《な》らした未来《みらい》は、すぐに左《ひだり》にあるエスカレーターに飛《と》び乗《の》った。

ホームに上《あ》がると、20番線《ばんせん》には白《しろ》と青《あお》の車体《しゃたい》にピンクのラインの入《はい》った新幹線《しんかんせん》が、すでに停車《ていしゃ》していた。

車体《しゃたい》の横《よこ》には野鳥《やちょう》の『とき』の羽《は》ばたくシルエットがピンク色《いろ》で描《えが》かれている。

「あれは、Ｅ《イー》４系新幹線《けいしんかんせん》じゃない？」

ピッと右手《みぎて》を伸《の》ばして指差《ゆびさ》す七海《ななみ》ちゃんに、僕《ぼく》はニコリと微笑《ほほえ》む。

「正解《せいかい》〜!!　Ｅ《イー》４系《けい》の新塗装《しんとそう》タイプだね」

時計《とけい》を見《み》ると、もう6時《じ》55分《ふん》。Ｍａｘ《マックス》とき３０３号《ごう》は、7時《じ》ちょうどに出発予定《しゅっぱつよてい》だ。

「予算《よさん》の都合上《つごうじょう》、きっぷは自由席《じゆうせき》だからねぇ」

遠藤《えんどう》さんが少《すこ》しすまなそうな顔《かお》をする。

指定席《していせき》よりも自由席《じゆうせき》のほうがちょっと安《やす》いんだ。

「そんなの全然大丈夫《ぜんぜんだいじょうぶ》ですよ！」

僕《ぼく》が言《い》うと、未来《みらい》も七海《ななみ》ちゃんも「うん」と笑《わら》いながらうなずいた。

「Max《マックス》とき303号《ごう》はE《イー》4系《けい》8両編成《りょうへんせい》です。自由席《じゆうせき》は後方《こうほう》の4号車《ごうしゃ》から1号車《ごうしゃ》ですね」

手帳《てちょう》がなくても、こういうことは暗記《あんき》しているみたい。大樹《たいき》の知識《ちしき》はやっぱりすごい。

『は〜い！』

僕《ぼく》らはホーム中央辺《ちゅうおうあた》りに停車《ていしゃ》していた4号車《ごうしゃ》の扉《とびら》へ飛《と》びこんだ。そして、ホームに立《た》つ
遠藤《えんどう》さんと佐川《さがわ》さんに向《む》かって手《て》を上《あ》げる。

「さあ、ミステリーツアースタートだっ！」

遠藤《えんどう》さんが右《みぎ》の親指《おやゆび》を上《あ》げる。

「みんな！　がんばってねっ！」

佐川《さがわ》さんは、両手《りょうて》を胸《むね》の前《まえ》でぎゅっと握《にぎ》ってみせた。

ホームに、出発《しゅっぱつ》をしらせるアナウンスが流《なが》れはじめる。
《まもなく20番線《ばんせん》より、Ｍａｘ《マックス》とき３０３号《ごう》、新潟行《にいがたいき》が発車《はっしゃ》いたしま～す……》
僕《ぼく》らの旅立《たびだ》ちを告《つ》げる発車《はっしゃ》ベルが東京駅《とうきょうえき》に鳴《な》り響《ひび》く。
フルルルルルルルルルルルルルルルルルルルル……。
その瞬間《しゅんかん》、僕《ぼく》らはすっと右手《みぎて》を前《まえ》に出《だ》して重《かさ》ねあわせた。
僕《ぼく》はみんなの顔《かお》を見《み》まわし、声《こえ》をかける。
「よしっ！　ミステリーツアーへ出発《しゅっぱつ》！　ミッションスタートだっ！」
僕《ぼく》らの手《て》は、今度《こんど》は一気《いっき》に上昇《じょうしょう》する。

『**お――――――――――――――――ぅ!!**』

僕《ぼく》らが軽《かる》くジャンプした瞬間《しゅんかん》に扉《とびら》が閉《と》じ、新幹線《しんかんせん》はゆっくりと走《はし》りだした。

3 国境《こっきょう》の長《なが》いトンネル

7時《じ》0分《ふん》に東京駅《とうきょうえき》を出発《しゅっぱつ》したMax《マックス》とき303号《ごう》は六分後《ろっぷんご》、上野《うえの》をあとにする。

僕《ぼく》らは2号車《ごうしゃ》の二階席《かいせき》に進《すす》んだ。

あまりお客《きゃく》さんは乗《の》っていなかったので、シートを一《ひと》つまわして向《む》かいあわせにする。

ちょっと広《ひろ》く感《かん》じるのは、E《イー》4系新幹線《けいしんかんせん》の自由席《じゆうせき》は三席《せき》+三席《せき》と、横《よこ》に六人並《にんなら》んで座《すわ》れるシートになっているから。

だけど、このシートの背《せ》もたれは全部《ぜんぶ》つながっていて、ベンチみたいに三席一緒《せきいっしょ》に動《うご》いちゃう。

Max《マックス》とき303号《ごう》は、大宮《おおみや》を7時《じ》26分《ぷん》に出《で》ると、熊谷《くまがや》、本庄早稲田《ほんじょうわせだ》、高崎《たかさき》と通過《つうか》していく。

高崎《たかさき》を過《す》ぎると、車窓《しゃそう》が大《おお》きく変化《へんか》した。

「あっ、あれ！　雪《ゆき》じゃない？」

未来《みらい》がカメラを向《む》けた先《さき》には、すっぽりと雪《ゆき》をかぶった白《しろ》い山《やま》が見《み》えていた。

「もう春《はる》だと思《おも》ったけど、この辺《へん》はまだまだ雪《ゆき》が残《のこ》っているんだ」

僕《ぼく》がそう言《い》うと、七海《ななみ》ちゃんは未来《みらい》の横《よこ》に立《た》って外《そと》に目《め》をやる。

「この先《さき》の越後湯沢《えちごゆざわ》付近《ふきん》には『苗場《なえば》』『上越国際《じょうえつこくさい》』って有名《ゆうめい》なスキー場《じょう》があるんだけど、春休《はるやす》みが終《お》わる頃《ころ》まで雪《ゆき》があって、すべれちゃうの」

「へえ〜そうなんだ」

「三月後半《がっこうはん》だから、雪《ゆき》が降《ふ》ってつもるってことはほとんどないけど、この辺《へん》はまだ気温《きおん》が低《ひく》くて雪《ゆき》は簡単《かんたん》にとけないみたい」

上毛高原《じょうもうこうげん》を通過《つうか》すると、新幹線《しんかんせん》はいくつもの長《なが》いトンネルを通《とお》り抜《ぬ》けていく。

そして、何本目《なんぼんめ》かのトンネルの中《なか》で、車内《しゃない》アナウンスが流《なが》れだした。

《まもなく越後湯沢《えちごゆざわ》です。ほくほく線《せん》はお乗《の》り換《か》えです。お降《お》りのお客《きゃく》さまはお忘《わす》れ物《もの》のないようご注意《ちゅうい》ください……》

僕《ぼく》はみんなに声《こえ》をかける。

「ここで降《お》りるよ〜」

「越後湯沢《えちごゆざわ》からどこへ行《い》くのかしら？」

七海《ななみ》ちゃんは首《くび》をかしげる。

「ＪＲ《ジェイアール》でしたら在来線《ざいらいせん》の『上越線《じょうえつせん》』がありますので、北《きた》へ向《む》かえば新潟《にいがた》、南《みなみ》へ向《む》かえば水《みな》上《かみ》などへ行《い》けます。そして、この先《さき》の上越線《じょうえつせん》六日町《むいかまち》からは『北越急行《ほくえつきゅうこう》ほくほく線《せん》』が分岐《ぶんき》していますので、直江津方面《なおえつほうめん》へ向《む》かうこともできますね」

時刻表《じこくひょう》に目《め》を落《お》としたまま大樹《たいき》が答《こた》えた。

僕《ぼく》も一《ひと》つ思《おも》いついたことを言《い》う。

「確率《かくりつ》は低《ひく》いと思《おも》うけど、新幹線《しんかんせん》に乗《の》って、ガーラ湯沢《ゆざわ》へ行《い》く手《て》もある」

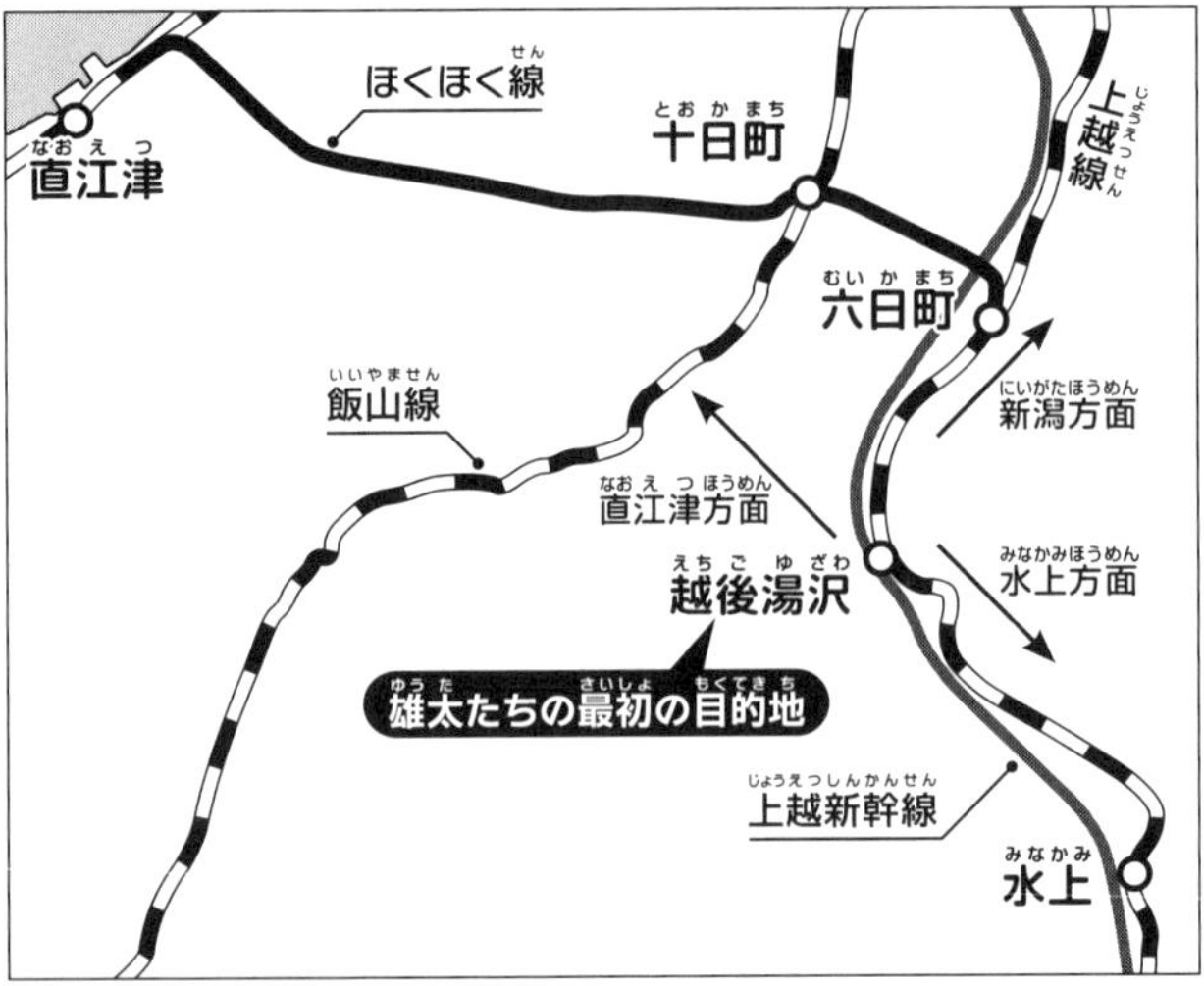

「う〜む。遠藤《えんどう》さんならやりそうですね」

男子二人《だんしふたり》がうなずきあっているが、女子二人《じょしふたり》は「？《はてな》」って顔《かお》。

『ガーラ湯沢《ゆざわ》？』

僕《ぼく》は大樹《たいき》の時刻表《じこくひょう》の路線図《ろせんず》に指《ゆび》を置《お》く。

路線図《ろせんず》には越後湯沢《えちごゆざわ》で分岐《ぶんき》し、ガーラ湯沢一駅《ゆざわひとえき》しかない路線《ろせん》が描《えが》かれていた。

「ここ越後湯沢《えちごゆざわ》から新幹線《しんかんせん》でしか行《い》けない、スキー場専用《じょうせんよう》の駅《えき》があるんだ」

「へぇ〜そんな路線《ろせん》があるのね」

その時《とき》、新幹線《しんかんせん》がトンネルを抜《ぬ》けた。


『うわぁぁぁ！』


きっと、この季節《きせつ》にここへ来《き》た人《ひと》たちは、みんな大《おお》きな声《こえ》をあげてしまうに違《ちが》いない。

だって窓《まど》の外《そと》には、一面《いちめん》の銀世界《ぎんせかい》が広《ひろ》がっているんだ。

線路《せんろ》の両側《りょうがわ》にV《ヴィ》字形《じがた》に迫《せま》る山肌《やまはだ》はもちろん、線路《せんろ》の周《まわ》りの街並《まちな》みにも雪《ゆき》がしっかり残《のこ》っていた。

そして新幹線《しんかんせん》はガクンと減速《げんそく》する。

「国境《こっきょう》の長《なが》いトンネルを抜《ぬ》けると雪国《ゆきぐに》であった……」

車窓《しゃそう》を見《み》ながら大樹《たいき》がつぶやいたので、僕《ぼく》はフッと笑《わら》った。

「こっきょう〜？　ここでそんな詩《し》をよむなんて、大樹《たいき》は詩人《しじん》だなぁ〜」

七海《ななみ》ちゃんが苦笑《にがわら》いしながら、右《みぎ》の人差《ひとさ》し指《ゆび》をチョコチョコと左右《さゆう》に振《ふ》る。

「違《ちが》う、違《ちが》うよ、雄太君《ゆうたくん》」

「へえ？　なにが？」

僕《ぼく》には意味《いみ》がわからなかった。

「これは日本人《にほんじん》として初《はじ》めてノーベル文学賞《ぶんがくしょう》を受賞《じゅしょう》した昭和《しょうわ》の文豪《ぶんごう》、川端康成先生《かわばたやすなりせんせい》が、昭《しょう》和初期《わしょき》に書《か》いた小説《しょうせつ》『雪国《ゆきぐに》』の冒頭《ぼうとう》の一文《いちぶん》です」

大樹《たいき》が言《い》った。

『へぇ〜そうなんだ』

僕《ぼく》と未来《みらい》は顔《かお》を見合《みあ》わせて、うなずきあう。

「さらに、そのあと『信号所《しんごうしょ》に汽車《きしゃ》が止《と》まった』と続《つづ》くのですが、それは土樽信号場《つちたるしんごうじょう》で、現在《げんざい》の土樽駅《つちたるえき》だそうです。小説《しょうせつ》の舞台《ぶたい》はまさにここ、越後湯沢《えちごゆざわ》なんですよ」

「えーーーっ!? 今《いま》のトンネルがそれなの!?」

驚《おどろ》いた声《こえ》を出《だ》した未来《みらい》に大樹《たいき》は、「あはっ」とやさしく微笑《ほほえ》み、首《くび》を横《よこ》に振《ふ》る。

「今《いま》のトンネルは新幹線用《しんかんせんよう》の『大清水《だいしみず》トンネル』で、貫通《かんつう》したのは一九七九年《ねん》です」

「じゃあ、違《ちが》うの？」

「『雪国《ゆきぐに》』に登場《とうじょう》するトンネルは、在来線《ざいらいせん》の上越線清水《じょうえつせんしみず》トンネルです。今《いま》は東京《とうきょう》へ向《む》かう

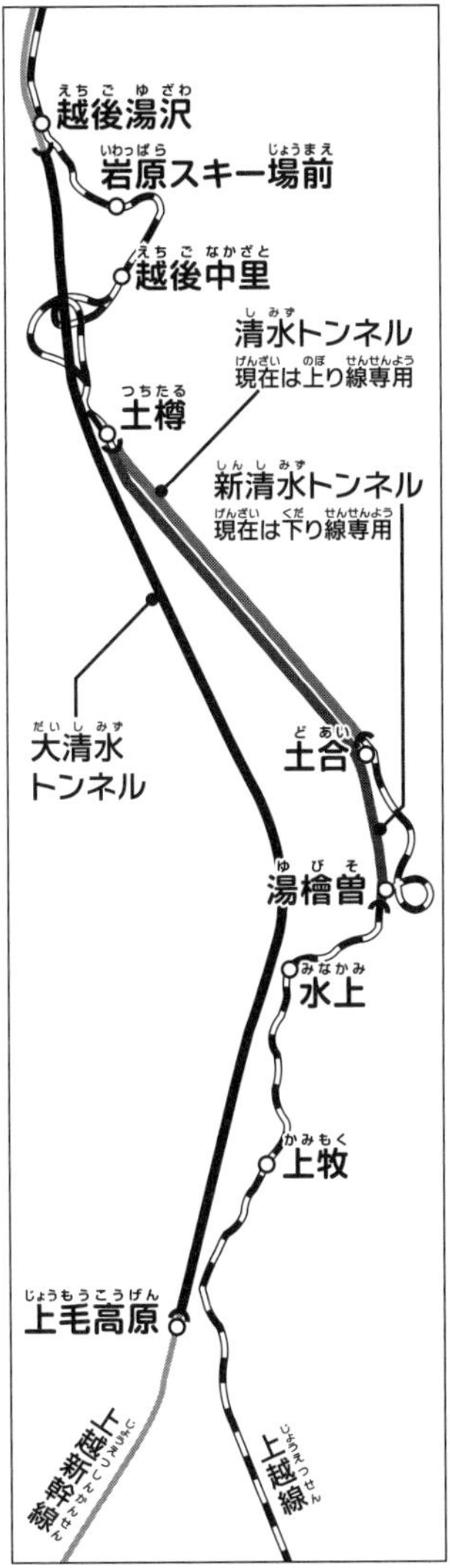

上《のぼ》り線専用《せんせんよう》で使用《しよう》していますから、『国境《こっきょう》の長《なが》いトンネルを抜《ぬ》けると……』というシーンを体験《たいけん》することはできなくなっていますね」

「さすが大樹君《たいきくん》！　やっぱり物知《ものし》りだね！」

未来《みらい》にそう言《い》われると、大樹《たいき》は少《すこ》し照《て》れたような顔《かお》になる。

「いえ、こんなのたいしたことありません」

「もしかして『今日《きょう》、上越《じょうえつ》へ行《い》くかも』って予想《よそう》して、また予習《よしゅう》してきたとか……？」

「いえ、塾《じゅく》で習《なら》ったことですよ。すごく印象的《いんしょうてき》な文章《ぶんしょう》だったので忘《わす》れられないんです」

「そっ、そうなんだ……」

勉強《べんきょう》の中《なか》にも鉄道《てつどう》が出《で》てくるなんておもしろいな。

長《なが》いトンネル、汽車《きしゃ》、信号所《しんごうしょ》かぁ。

今度《こんど》、図書館《としょかん》で探《さが》してみようかな。

「川端康成《かわばたやすなり》の小説《しょうせつ》『雪国《ゆきぐに》』」と、僕《ぼく》は口《くち》の中《なか》で、つぶやいた。

グウウウウウン……。

モーター音《おん》が静《しず》かになっていき、新幹線《しんかんせん》は大《おお》きな屋根《やね》の付《つ》いた駅《えき》へと入《はい》っていった。

窓《まど》の外《そと》には、「越後湯沢《えちごゆざわ》」と書《か》かれた駅看板《えきかんばん》が見《み》える。

僕《ぼく》らは、シートをクルリとまわして元《もと》に戻《もど》し、デッキへ向《む》かって歩《ある》いた。

E《イー》4系新幹線《けいしんかんせん》は二階建《かいだ》て車両《しゃりょう》なので、デッキの前《まえ》にはらせん状《じょう》の階段《かいだん》がある。

ここで降《お》りるお客《きゃく》さんは多《おお》く、デッキにはズラリと人《ひと》が並《なら》んでいた。

やがて、電車《でんしゃ》が停車《ていしゃ》すると、プシュユユと音《おと》がして青《あお》い扉《とびら》が静《しず》かに右《みぎ》へと開《ひら》く。

僕《ぼく》らは流《なが》れに乗《の》って、12番線《ばんせん》へと降《お》り立《た》った。

到着時刻《とうちゃくじこく》は8時《じ》10分《ぷん》。

ホームには屋根《やね》がかかっているし、駅舎《えきしゃ》には暖房《だんぼう》されているスペースもあると思《おも》うけど、線路《せんろ》のある部分《ぶぶん》は、前《まえ》も後《うし》ろもガバァーと開《あ》いているから氷《こおり》のような風《かぜ》が思《おも》いきり吹《ふ》き抜《ぬ》けていく。

ビュユユユユユユユユユユユユユウ。

『さっ、寒《さむ》っ！』

僕《ぼく》らは全員《ぜんいん》、上着《うわぎ》の前《まえ》を引《ひ》きよせた。

「さっ、さすがに三月末《がっすえ》でも、新潟《にいがた》は寒《さむ》いですねぇ」

大樹《たいき》が寒《さむ》さでこわばった顔《かお》でつぶやく。

「まっ、まだ冬《ふゆ》なのよっ、ここは」

未来《みらい》は「はぁ〜」と息《いき》で温《あたた》めながら、右手《みぎて》と左手《ひだりて》をスリスリとこすりあわせた。

「少《すこ》し寒《さむ》いくらいのほうが身《み》が引《ひ》きしまって、僕《ぼく》は好《す》きだけどね」

白《しろ》い息《いき》を僕《ぼく》は見《み》つめながら微笑《ほほえ》む。

「で、ここから、なにに乗《の》るの？　雄太《ゆうた》」

いつもの調子《ちょうし》で未来《みらい》が聞《き》く。

「きっとここに書《か》いてあるんじゃないかな」

僕《ぼく》は、①と大《おお》きく書《か》かれた白《しろ》い封筒《ふうとう》をヒラヒラと振《ふ》って見《み》せた。

「雄太君《ゆうたくん》、早《はや》く封筒《ふうとう》開《あ》けてっ！」

七海《ななみ》ちゃんは胸《むね》の前《まえ》で手《て》を合《あ》わせて、ワクワク顔《がお》で身《み》を乗《の》り出《だ》した。

「ちょっと待《ま》ってねぇ……」

封筒《ふうとう》の上《うえ》のほうをビリッと破《やぶ》って中《なか》をのぞくと、四枚《まい》のきっぷと一枚《まい》の紙《かみ》が入《はい》っていた。

とりあえず紙《かみ》を取《と》り出《だ》す。

「次《つぎ》はどんな電車《でんしゃ》かなぁ〜？」

テンションの上《あ》がった七海《ななみ》ちゃんは背伸《せの》びして、未来《みらい》と一緒《いっしょ》に僕《ぼく》が持《も》つ紙《かみ》を興味《きょうみ》しんしんという顔《かお》でのぞきこんだ。

「次《つぎ》は上越線《じょうえつせん》かな、それともほくほく線《せん》かな？」

エンドートラベルのマークの入《はい》った便《びん》せんに並《なら》んだ文字《もじ》を僕《ぼく》は読《よ》みあげる。

「えっと……『越後湯沢《えちごゆざわ》14番線《ばんせん》から8時《じ》24分《ぷん》に発車《はっしゃ》する、とき451号《ごう》に乗《の》って長岡《ながおか》で下車《げしゃ》してね。長岡《ながおか》に着《つ》いたら封筒《ふうとう》②を開《あ》けること』だってさ」

「14番線《ばんせん》は向《む》こうのようですね」

大樹《たいき》は目《め》の前《まえ》に停車《ていしゃ》している、僕《ぼく》らが乗《の》ってきたMax《マックス》とき303号《ごう》の向《む》こう側《がわ》を指差《ゆびさ》す。発車待《はっしゃま》ちをしているから、14番線《ばんせん》ホームは見《み》えない。

僕《ぼく》らは移動《いどう》すべく、エスカレーターで一《ひと》つ下《した》の階《かい》へ向《む》かった。

通路《つうろ》を歩《ある》きながら、未来《みらい》は首《くび》をひねる。

「とき451号《ごう》ってことは……次《つぎ》もまた新幹線《しんかんせん》ってことよね」

「長岡《ながおか》まで行《い》くんだったら、さっきまで乗《の》っていたMax《マックス》とき303号《ごう》でも、よかったと思《おも》うんだけどなぁ～」

僕《ぼく》も未来《みらい》と同《おな》じ気持《きも》ちで首《くび》をひねる。大樹《たいき》はポケットに手《て》を突《つ》っこんで、それから「あっ」と言《い》って、小《ちい》さく口《くち》を開《ひら》いた。

「……そうだ。今日《きょう》は手帳《てちょう》がなかったんだ」

大樹《たいき》は、「ウム」と腕《うで》を組《く》んでつぶやく。

「ここからまた新幹線《しんかんせん》で新潟方面《にいがたほうめん》へ向《む》かうのに、遠藤《えんどう》さんはどうして下車《げしゃ》するように言《い》ったんでしょうか？」

それがわからないんだよな。未来《みらい》は頬《ほお》に手《て》を当《あ》てながら言《い》った。

「謎《なぞ》を呼《よ》ぶように『新幹線《しんかんせん》に二回《かい》乗《の》る』とか、やっているんじゃないの？」

「そうでしょうか……そんなムダなことを遠藤《えんどう》さんがするでしょうか？」

僕《ぼく》らはブツブツ話《はな》しながら、14番線《ばんせん》へと上《あ》がるエスカレーターに乗《の》りこんだ。

4 電車《でんしゃ》の中《なか》はミュージアム

14番線《ばんせん》ホームへ出《で》た瞬間《しゅんかん》、僕《ぼく》らの顔《かお》が輝《かがや》いた。

「かっこいい――!!」

未来《みらい》は素早《すばや》くデジカメを首《くび》からはずして前《まえ》へ向《む》ける。

そして、歩《ある》きながらカシャ！　カシャ！　カシャ！　カシャ！　とシャッターを切《き》った。

ホームのかなり奥《おく》に、ギラギラと輝《かがや》く六両編成《りょうへんせい》の車体《しゃたい》が、すでに停車《ていしゃ》していた。

『こっ、この新幹線《しんかんせん》は!?』

思《おも》わず、僕《ぼく》と七海《ななみ》ちゃんの声《こえ》が重《かさ》なった。

車体《しゃたい》はE《イー》3系《けい》新幹線《しんかんせん》なんだけど、問題《もんだい》はその色《いろ》。

なんと、ボディは真《ま》っ黒《くろ》に塗装《とそう》されていた！

いやよく見《み》ると、真《ま》っ黒《くろ》ではなく、深《ふか》い深《ふか》いダークブルーだ！

　これまでにいろいろな新幹線《しんかんせん》を見《み》てきたけど、こんな色《いろ》の車体《しゃたい》は初《はじ》めて。

　さすが遠藤《えんどう》さんプロデュースのミステリーツアーだぁ！

　未来《みらい》はホームをタタッと小走《こばし》りに走《はし》りだし、新幹線《しんかんせん》の先頭車《せんとうしゃ》へ向《む》かっていく。

「未来《みらい》！　8時《じ》24分《ぷん》発車《はっしゃ》だからねぇ――‼」

　夢中《むちゅう》になってファインダーをのぞいている未来《みらい》は、「わかった〜」と左手《ひだりて》を上《あ》げた。

　僕《ぼく》ら三人《にん》も車体《しゃたい》を見《み》あげながら、ホームを進《すす》む。

車体《しゃたい》のベースカラーは夜空《よぞら》をイメージしているようだった。

車体側面《しゃたいそくめん》には赤《あか》や緑《みどり》、青《あお》など、鮮《あざ》やかな色《いろ》を放《はな》つ花火《はなび》の写真《しゃしん》がラッピングされている。

「なるほど、ミステリーツアー二《ふた》つ目《め》は『現《げん》美新幹線《びしんかんせん》』だったんですね」

ホームに貼《は》られているポスターを大樹《たいき》が指《ゆび》差《さ》した。

「現美新幹線《げんびしんかんせん》？」

「『世界最速《せかいさいそく》の芸術鑑賞《げいじゅつかんしょう》』をコンセプトに、JR東日本《ジェイアールひがしにほん》が、美術館《びじゅつかん》に見立《みた》てた新《あたら》しい新幹《しんかん》線《せん》を作《つく》ったんです。車内《しゃない》は一流《いちりゅう》アーティストによって装飾《そうしょく》されているそうですよ」

「すごぉーい。新幹線《しんかんせん》とアートを一度《いちど》に楽《たの》しめるなんて！」

七海《ななみ》ちゃんの目《め》がきらきら輝《かがや》いている。

「雄太《ゆうた》、きっぷは、指定席《していせき》なのか？」

僕《ぼく》は封筒《ふうとう》に残《のこ》っていたきっぷをヒラヒラ振《ふ》りながら、大樹《たいき》に向《む》かって首《くび》を横《よこ》に振《ふ》る。

「いや、長岡《ながおか》までの『乗車券《じょうしゃけん》・新幹線自由席特急券《しんかんせんじゆうせきとっきゅうけん》』が四枚《まい》だけだよ」

「そんなすてきな新幹線《しんかんせん》なのに、自由席《じゆうせき》で大丈夫《だいじょうぶ》なのかなぁ？」

七海《ななみ》ちゃんが不安《ふあん》そうな顔《かお》をしたので、僕《ぼく》はケータイで現美新幹線《げんびしんかんせん》を検索《けんさく》した。

「大丈夫《だいじょうぶ》みたいだよ、七海《ななみ》ちゃん。六両《りょう》のうち最後尾《さいこうび》の11号車《ごうしゃ》のシートエリアだけが指定《してい》席《せき》で、あとはすべて自由席《じゆうせき》だって」

「よかった。それなら安心《あんしん》！」

僕《ぼく》は、ものすごい勢《いきお》いで現美新幹線《げんびしんかんせん》を撮《と》りまくっている未来《みらい》に声《こえ》をかけた。

「未来《みらい》〜!!　そろそろ11号車《ごうしゃ》へ行《い》くよぉ〜」

「わかった〜ぁ」

タッタッと足《あし》を鳴《な》らして、未来《みらい》は一瞬《いっしゅん》で僕《ぼく》らのところへ戻《もど》ってきた。未来《みらい》はスポーツ万《ばん》能《のう》で、足《あし》もものすごく速《はや》い。

「今《いま》まで何度《なんど》も東京駅《とうきょうえき》の新幹線乗《しんかんせんの》り場《ば》に行《い》ったけどさ、こんな新幹線《しんかんせん》があるなんて全然知《ぜんぜんし》らなかったよ。JR東日本《ジェイアールひがしにほん》の新幹線《しんかんせん》なら、たいてい東京駅《とうきょうえき》で見《み》られるのにね」

ファインダーをのぞいている未来《みらい》に、僕《ぼく》はケータイを見《み》ながら伝《つた》える。

「この現美新幹線《げんびしんかんせん》は、上越新幹線《じょうえつしんかんせん》の越後湯沢《えちごゆざわ》〜新潟間《にいがたかん》だけ走《はし》っているらしい」

「へぇ〜。ってことは、この黒《くろ》い新幹線《しんかんせん》は新潟県専用《にいがたけんせんよう》なんだ」

「しかも土曜《どよう》と日曜《にちよう》に三往復《おうふく》するだけの、限定新幹線《げんていしんかんせん》なんだって」

大樹《たいき》は車体《しゃたい》をスリスリとさわりながら、「へぇ〜そうなのか」とうなずく。

いつもは、大樹《たいき》が鉄道情報《てつどうじょうほう》を担当《たんとう》していて、僕《ぼく》はそれを聞《き》いているだけなんだけど、今日《きょう》は逆《ぎゃく》！

こうして僕《ぼく》が鉄道情報《てつどうじょうほう》を大樹《たいき》に教《おし》えるなんて、ちょっと変《へん》な感《かん》じだ。

僕《ぼく》らは最後尾《さいこうび》の11号車《ごうしゃ》の車両《しゃりょう》の中央付近《ちゅうおうふきん》にあった扉《とびら》から、中《なか》に乗《の》りこんだ。

11号車《ごうしゃ》は、進行方向側《しんこうほうこうがわ》がトイレなんかのある広《ひろ》いデッキ、逆側《ぎゃくがわ》が指定席《していせき》になっていた。

すぐにホームから発車《はっしゃ》メロディが聞《き》こえてきて、現美新幹線《げんびしんかんせん》とき451号《ごう》は、8時《じ》24分《ぷん》に越後湯沢《えちごゆざわ》を発車《はっしゃ》する。

白《しろ》い雪《ゆき》をかぶった山《やま》に左右《さゆう》をはさまれた、谷底《たにぞこ》のような場所《ばしょ》を現美新幹線《げんびしんかんせん》は走《はし》っていく。

山間《やまあい》を走《はし》るため、トンネル部分《ぶぶん》も多《おお》いようだ。

せっかくなので、まず11号車《ごうしゃ》の指定席《していせき》を少《すこ》しだけのぞかせてもらう。

「うわっ！　大人《おとな》っぽい雰囲気《ふんいき》っ！」

七海《ななみ》ちゃんは、目《め》をみはった。

シートはブラウンの下地《したじ》に蛍光《けいこう》イエローの模様《もよう》がほどこされていて、新幹線《しんかんせん》のシートとは思《おも》えないほど豪華《ごうか》なデザイン。

通路《つうろ》のカーペットもブラウンとイエローで三角形《さんかくけい》の模様《もよう》が描《えが》かれている。

「車両《しゃりょう》のインテリアも、すべてがアート作品《さくひん》って感《かん》じね」

未来《みらい》はすかさず車内《しゃない》に向《む》けてシャッターを切《き》る。

「ほぉ、現美新幹線《げんびしんかんせん》は、ゆったりシートなんですね」

大樹《たいき》は感心《かんしん》したようにつぶやく。

普通《ふつう》、上越新幹線《じょうえつしんかんせん》の座席《ざせき》は五列《れつ》か六列《れつ》なんだけど、11号車《ごうしゃ》は、通路《つうろ》をはさんで二列《れつ》ずつシートが並《なら》んでいる。

だから、一《ひと》つ一《ひと》つのシートの幅《はば》が、かなり広《ひろ》くなっているんだ。

ちょっと不思議《ふしぎ》だったのは、シートが半分《はんぶん》くらい空席《くうせき》だったこと。ホームにはたくさんのお客《きゃく》さんがいて、現美新幹線《げんびしんかんせん》にも大勢《おおぜい》乗《の》りこんでいたように見《み》えたんだけど……。

「あまり指定席《していせき》が埋《う》まっていませんね」

僕《ぼく》と同《おな》じことを思《おも》ったらしく、大樹《たいき》が小声《こごえ》で言《い》う。

「もっと混《こ》んでいても良《よ》さそうなのにな」

「ねえ、今度《こんど》は自由席《じゆうせき》に行《い》こうよ。空《あ》いていればいいけど〜」

未来《みらい》がそう言《い》って歩《ある》きだしたので、僕《ぼく》らもデッキを通《とお》って12号車《ごうしゃ》へ向《む》かう。ちなみに、東京《とうきょう》に近《ちか》い11号車《ごうしゃ》が最後尾《さいこうび》で、12号車《ごうしゃ》、13号車《ごうしゃ》……と続《つづ》き、先頭《せんとう》は16号車《ごうしゃ》だ。

「六両編成《りょうへんせい》のうち五両《りょう》が自由席《じゆうせき》なら、きっと、空《あ》いていますよ」

大樹《たいき》が未来《みらい》の後《うし》ろから歩《ある》いていく。

12号車《ごうしゃ》の黒《くろ》い扉《とびら》が開《ひら》いた瞬間《しゅんかん》、僕《ぼく》はポカーンと口《くち》を開《あ》けてしまった。

「なんじゃこりゃ!?」

だって、12号車《ごうしゃ》の右側《みぎがわ》の壁全体《かべぜんたい》に鏡面《きょうめん》ステンレスが貼《は》られていたからだ。鏡《かがみ》に車内《しゃない》だけでなく外《そと》の景色《けしき》まで映《うつ》りこんでいて、まるで倍以上《ばいいじょう》の広《ひろ》さに感《かん》じられる。

「うわぁ～これはすごいっ！」

未来《みらい》はデジカメを構《かま》えて、またカシャカシャとシャッターを切《き》りだす。

左手《ひだりて》の窓際《まどぎわ》には、ベージュの高級《こうきゅう》そうな大《おお》きなソファが並《なら》んでいて、お客《きゃく》さんはくつろぎながら外《そと》の景色《けしき》を含《ふく》めて、この空間《くうかん》をゆっくり味《あじ》わっている。

「すごぉい！　まるでお洒落《しゃれ》なカフェみたい。このソファが自由席《じゆうせき》なの～!?」

七海《ななみ》ちゃんは目《め》をキラキラさせる。

「そっ、そうみたいですね……。しかもこのシート、指定席《していせき》より良《よ》くありませんか？」

大樹《たいき》は目《め》をパチパチしながら、柔《やわ》らかな革《かわ》で作《つく》られたソファに触《ふ》れた。その表情《ひょうじょう》から、大樹《たいき》の驚《おどろ》きが伝《つた》わってくる。

七海《ななみ》ちゃんは、タタッと小走《こばし》りして、誰《だれ》もいないソファにふわっと座《すわ》った。

「うわぁ～これ、座《すわ》り心地《ごこち》がいいよぉ～雄太君《ゆうたくん》」

七海《ななみ》ちゃんが手招《てまね》きしたので、僕《ぼく》も横《よこ》に腰《こし》かける。

「確《たし》かに……すごいや」

高級《こうきゅう》ホテルのロビーにあるようなソファみたい。

柔《やわ》らかすぎず、固《かた》すぎず、体《からだ》がふわっと包《つつ》まれるような感《かん》じ。

大樹《たいき》は立《た》ったまま、ミラーの壁《かべ》の前《まえ》にある銀《ぎん》の手《て》すりをさわっている。

「なるほど……ミラーの壁《かべ》に映《うつ》る雪山《ゆきやま》が、一《ひと》つのアートなんですね」

フムフムと大樹《たいき》はうなずき、クルリと振《ふ》り返《かえ》る。

「みなさん、まだ二両目《りょうめ》です！　この先《さき》にもいろいろとありそうですよ」

「きっとそうだよねぇ！　他《ほか》にどんな車両《しゃりょう》があるのか、ドキドキしちゃう」

未来《みらい》の頬《ほお》が興奮《こうふん》でピンク色《いろ》に染《そ》まっている。未来《みらい》はさっそく通路《つうろ》を前《まえ》へ向《む》かってズンズンと歩《ある》きだす。

僕《ぼく》らも未来《みらい》を追《お》いかけるように、12号車《ごうしゃ》から13号車《ごうしゃ》へと飛《と》びこんだ。

「うわぁ〜!!　なっ、なんだこりゃ!?」

僕《ぼく》はまたまたポカーンと口《くち》を大《おお》きく開《ひら》いてしまった。

13号車《ごうしゃ》は、さっきとまったく違《ちが》っていた。

窓《まど》が塞《ふさ》がれた左壁《ひだりかべ》には、青《あお》と白《しろ》のかわいい模様《もよう》が描《えが》かれている。しかも、山《やま》のような形《かたち》をしたプラスチックのアートが、壁《かべ》から生《は》えたように、にょきっと突《つ》き出《だ》している。

右側《みぎがわ》には、グレーのカーペットがしかれた小上《こあ》がりスペースがあって、そこにはプラスチックのおもちゃの電車《でんしゃ》とレールが置《お》かれている。

そこで幼稚園児《ようちえんじ》や、小学校低学年《しょうがっこうていがくねん》くらいの小《ちい》さな子《こ》たちが楽《たの》しそうに遊《あそ》んでいた。

「どうして、新幹線《しんかんせん》の車内《しゃない》にこんなに電車《でんしゃ》のおもちゃが!?」

思《おも》わず声《こえ》が大《おお》きくなる。

「ここは『キッズスペース』なんですよ」

すかさず、声《こえ》がした。はっとして横《よこ》を見《み》ると、アテンダントさんが笑顔《えがお》で立《た》っている。

しかもジーンズスタイルで、これまたびっくり。

『キッズスペース!?』

アテンダントさんは、大《おお》きくうなずいた。

「小学生《しょうがくせい》までなら、ここで遊《あそ》んでいいんですよ」

「うわぁ～!! いいなぁ～」

思《おも》わず、僕《ぼく》は歓声《かんせい》をあげてしまった。

だって、そうでしょ。

新幹線《しんかんせん》の中《なか》で、電車《でんしゃ》のおもちゃで遊《あそ》べるなんて最高《さいこう》じゃない？

鉄道好《てつどうず》きな子《こ》どもの大好物《だいこうぶつ》が二《ふた》つそろっているんだから。

だが、そんな僕《ぼく》を、三人《にん》がにやにやしながら見《み》つめていることに、気《き》がついた。

「なっ、なに？」

「雄太《ゆうた》はここで遊《あそ》んで待《ま》ってる？」

未来《みらい》がニヤリと笑《わら》う。

もしかして、僕《ぼく》を子《こ》ども扱《あつか》いしてる!?

「そっ、そんなこと、もうしないよ」

僕《ぼく》はフンッと口《くち》をとがらせた。

確《たし》かに電車《でんしゃ》のおもちゃは大好《だいす》きだけど、僕《ぼく》は、これらはもう卒業《そつぎょう》。

今《いま》は『N《エヌ》ゲージ』っていう、精巧《せいこう》に作《つく》られた鉄道模型《てつどうもけい》が僕《ぼく》のお気《き》に入《い》りなんだ。

「ムリしなくていいぞ、雄太《ゆうた》」

もう、大樹《たいき》までっ！

「だから、大丈夫《だいじょうぶ》だってばっ！」

「じゃあ、次《つぎ》の車両《しゃりょう》へ行《い》くぞ～」

大樹《たいき》は未来《みらい》と並《なら》んでくすくす笑《わら》いながら、小上《こあ》がり横《よこ》にある通路《つうろ》を進《すす》んでいく。

ったく、二人《ふたり》とも僕《ぼく》をバカにしてっ！

その時《とき》、すっと横《よこ》へやってきた七海《ななみ》ちゃんが、ささやくように言《い》った。

「……私《わたし》はいつまでも少年《しょうねん》のような雄太君《ゆうたくん》が『いいなぁ』って思《おも》うけど」

「だから僕《ぼく》はっ！　って……えっ!?」

子《こ》どもっぽいところを七海《ななみ》ちゃんにまでからかわれたと思《おも》ったけど、そうじゃなかった。

「『運転手《うんてんしゅ》になりたいっ！』って夢《ゆめ》に向《む》かって一直線《いっちょくせん》に走《はし》る雄太君《ゆうたくん》のこと、私《わたし》はいつもいいなぁって思《おも》ってるよ」

「……七海《ななみ》ちゃん」

胸《むね》がぐっと熱《あつ》くなった。ちょっと照《て》れくさいけど、やっぱりうれしい。

「さあ、次《つぎ》の車両《しゃりょう》へ行《い》こう!!　雄太君《ゆうたくん》」

七海《なな み》ちゃんがニコッと笑《わら》って歩《ある》きだしたので、僕《ぼく》は「うん」とうなずいて続《つづ》いた。

途中《と ちゅう》にはカフェもあって、くつろいでいる人《ひと》もいる。新幹線《しん かん せん》にカフェがあるなんて、もしかしたらここだけじゃないかな？

14号車《ごう しゃ》に入《はい》ると、また違《ちが》う景色《け しき》が広《ひろ》がっていた。

「うわぁ～！　ここもすごいねぇ」

「ここは新潟《にい がた》の風景写真展《ふう けい しゃ しん てん》……でしょうか？」

左側《ひだり がわ》に窓《まど》とソファがあるのは12号車《ごう しゃ》と同《おな》じだけど、右側《みぎ がわ》には大《おお》きなパネルにはめこまれた写真《しゃ しん》が並《なら》んでいる。車両《しゃ りょう》がフォトギャラリーになっているんだ。

この写真《しゃ しん》は、全部《ぜん ぶ》新潟《にい がた》で撮影《さつ えい》されたものなんだって。

未来《み らい》は例《れい》によって車内《しゃ ない》を撮《と》りまくり。大樹《たい き》も夢中《む ちゅう》になってシートや壁《かべ》の感触《かん しょく》を確《たし》かめている。

次《つぎ》の15号車《ごう しゃ》は、花《はな》をイメージした立体《りっ たい》アートが、ガラスケースの中《なか》に展示《てん じ》されていた。

色鮮《いろ あざ》やかな作品《さく ひん》を見《み》ていた七海《なな み》ちゃんが、作品《さく ひん》の一《ひと》つを指差《ゆび さ》す。

「あっ！　動《うご》いた」

「ほ、本当《ほんとう》だぁ」

これらの作品《さくひん》は完全《かんぜん》に固定《こてい》されていなくて、新幹線《しんかんせん》が加速《かそく》したり減速《げんそく》したりすると、作《さく》品《ひん》の一部《いちぶ》がスルスルと移動《いどう》して形《かたち》を変《か》えたりする。

見《み》たタイミングでイメージが変《か》わる、不思議《ふしぎ》な作品《さくひん》だったんだ。

最後《さいご》は先頭車《せんとうしゃ》である16号車《ごうしゃ》。

「ここは少《すこ》し暗《くら》いね」

未来《みらい》はフラッシュが光《ひか》らないようになっているか、カメラの設定《せってい》をチェックする。

「きっと、ディスプレイがあるからですね」

大樹《たいき》は右壁《みぎかべ》にズラリと並《なら》べられた大型《おおがた》ディスプレイに注目《ちゅうもく》していた。

そこには次々《つぎつぎ》と、コンピュータグラフィックスで作《つく》られた風景《ふうけい》が映《うつ》し出《だ》されていた。

左側《ひだりがわ》には現実《げんじつ》の車窓《しゃそう》、右側《みぎがわ》にはCG《シージー》の車窓《しゃそう》が広《ひろ》がっているんだ。

現実《げんじつ》と、想像《そうぞう》で作《つく》られた映像《えいぞう》が、不思議《ふしぎ》にマッチしている。

真《ま》っ青《さお》なCG《シージー》の空《そら》を飛《と》ぶ一羽《わ》の鳥《とり》が、次々《つぎつぎ》にディスプレイを渡《わた》っていってすてきだった。

チャララ♪　チャララ♪　チャラララララン♪

《まもなく長岡《ながおか》です。上越線《じょうえつせん》、信越本線《しんえつほんせん》はお乗《の》り換《か》えです》

車内放送《しゃないほうそう》が聞《き》こえ、僕《ぼく》らは顔《かお》を見合《みあ》わせた。

あっという間《ま》に時間《じかん》が経《た》ってしまったらしい。

「え〜っ、もう降《お》りなくちゃいけないのぉ?」

未来《みらい》はぷっと頬《ほお》をふくらませた。まったく未来《みらい》に同感《どうかん》だ。

「長岡《ながおか》には8時《じ》49分到着《ふんとうちゃく》ですからね」

大樹《たいき》が腕時計《うでどけい》を見《み》ながら言《い》う。つまり、あと、三分《ぷん》で到着《とうちゃく》だ。

僕《ぼく》らはとりあえず目《め》の前《まえ》のソファに座《すわ》った。

七海《ななみ》ちゃんが、しみじみと言《い》う。

「現美新幹線《げんびしんかんせん》は本当《ほんとう》に〝走《はし》る美術館《びじゅつかん》〟だね」

「こんな新幹線《しんかんせん》は初《はじ》めてだなぁ。こういう雰囲気《ふんいき》なら、美術館《びじゅつかん》にも行《い》ってみたいかな」

「雄太君《ゆうたくん》は、美術館《びじゅつかん》は行《い》ったことないの?」

七海《ななみ》ちゃんが驚《おどろ》いたような声《こえ》を出《だ》した。

「だって……なんだか〝かたっ苦《くる》しい〟って感《かん》じがしてたからさぁ」

うふふと七海《ななみ》ちゃんが笑《わら》う。

「美術館《びじゅつかん》っていってもいろいろあって、小学生《しょうがくせい》でも楽《たの》しめるところもあるよ。さっきのキッズスペースの壁《かべ》に付《つ》いていたプラスチックみたいな、さわれるアートを展示《てんじ》しているところも増《ふ》えているんだよぉ」

「へぇ～。それは、おもしろそうだね」

「うん。でもやっぱりこの新幹線《しんかんせん》が最高《さいこう》。だって、電車《でんしゃ》の中《なか》って普通《ふつう》は『ウロウロ歩《ある》きまわっちゃダメ』なのに、こうやって『歩《ある》きまわりながら作品《さくひん》を見《み》てくださいね』っていうのが、すごいよねっ」

「おかげで私《わたし》、いっぱい写真《しゃしん》撮《と》っちゃった。指定席《していせき》の人《ひと》も座《すわ》ってる場合《ばあい》じゃなかったのかもね～」

デジカメのディスプレイで画像《がぞう》をチェックしながら、未来《みらい》はうれしそうにうなずく。

「まったくです。僕《ぼく》も現美新幹線《げんびしんかんせん》があるということは知識《ちしき》として知《し》っていましたが、実際《じっさい》に乗《の》ってみるとシートに座《すわ》っている間《ま》もなく、こんなにも楽《たの》しめるなんて……」

大樹《たいき》は胸《むね》に手《て》を置《お》いて言《い》った。

まったくその通《とお》り。僕《ぼく》も、こんなにおもしろいとは思《おも》わなかった。

七海《ななみ》ちゃんが微笑《ほほえ》みながら、大樹《たいき》を見《み》た。

「ちょっとは車両《しゃりょう》デザインの参考《さんこう》になりそう？」

「はい、とても参考《さんこう》になります」

「よかった～」

七海《ななみ》ちゃんがパチンと手《て》を打《う》った。

「でも……具体的《ぐたいてき》なデザインのアイディアはまだ全然《ぜんぜん》……」

「そんなの気《き》にしなくていいよっ」

未来《みらい》がいたずらっ子《こ》っぽく、くるっと目《め》をまわした。

「気《き》にしなくていい？」

「そう。だって今日《きょう》は、気分転換《きぶんてんかん》に来《き》たんだから。デザインのことは忘《わす》れて、ただ楽《たの》しめばいいのよ」

「なるほど……そうでしたよね」

大樹《たいき》はふっと肩《かた》の力《ちから》を抜《ぬ》いて微笑《ほほえ》む。

「うん。今日《きょう》はパーーーッと楽《たの》しんでいこうよっ！」

そう言《い》って、未来《みらい》は右目《みぎめ》をパチリとつむってみせた。

「ええ。今日《きょう》は僕《ぼく》も、未来《みらい》さんの言《い》うとおり、楽《たの》しむことに専念《せんねん》します！」

楽《たの》しむことにも「専念《せんねん》」しちゃうところが大樹《たいき》らしい。

未来《みらい》と大樹《たいき》は「イエーイ」とハイタッチをした。

現美新幹線《げんびしんかんせん》の速度《そくど》がググッと落《お》ちたかと思《おも》うと、長岡駅構内《ながおかえきこうない》へと突入《とつにゅう》した。

「よしっ、ここで降《お》りるよっ。次《つぎ》の列車《れっしゃ》はなにかわからないけどぉ〜」

僕《ぼく》は右手《みぎて》を挙《あ》げながら、扉《とびら》へ向《む》かって先頭《せんとう》を歩《ある》きだす。

デッキへと移動《いどう》した僕《ぼく》らは、開《ひら》いた扉《とびら》からホームへ降《お》り立《た》った。

5 驚《おどろ》きの建物《たてもの》

僕《ぼく》らが長岡駅《ながおかえき》11番線《ばんせん》に降《お》り立《た》ったのは、8時《じ》49分《ふん》。

ホームの中央《ちゅうおう》にあるエスカレーターで一階下《いっかいした》へ下《お》りる。

コンコースは少《すこ》しひんやり。

「もっと乗《の》っていたかったたねっ」

襟《えり》を合《あ》わせた七海《ななみ》ちゃんに、みんな「そのとおり！」とうなずく。

「長岡《ながおか》で第《だい》二の封筒《ふうとう》を開《あ》けるんだよね、雄太《ゆうた》。遠藤《えんどう》さんからの次《つぎ》の指示《しじ》はなに？」

「あぁ〜ちょっと待《ま》って」

僕《ぼく》はポケットからもう一枚《まい》の封筒《ふうとう》を取《と》り出《だ》した。

こっちの封筒《ふうとう》の表面《おもてめん》には「②」と、マジックで大《おお》きく書《か》かれている。

封《ふう》を切《き》って中《なか》をのぞくと、今回《こんかい》は八枚《まい》のきっぷと一枚《まい》の紙《かみ》。

今度《こんど》は未来《みらい》が手《て》を伸《の》ばして、紙《かみ》を引《ひ》き出《だ》し読《よ》みあげる。

「なになに……『長岡《ながおか》から11時《じ》38分《ぷん》に発車《はっしゃ》する在来線《ざいらいせん》の列車《れっしゃ》に乗《の》ってね。それから、この列車内《れっしゃない》でお昼《ひる》にするから、駅弁《えきべん》も買《か》っておくといいよ』～？」

「指示《しじ》はこれだけ？」

七海《ななみ》ちゃんが首《くび》をかしげた。

「なんか情報少《じょうほうすく》なくない？」

「少《すく》ないよね」

「『①の封筒《ふうとう》』と違《ちが》って、番線《ばんせん》も下車《げしゃ》する駅《えき》の指示《しじ》もない……」

未来《みらい》から紙《かみ》を受《う》け取《と》り、目《め》を走《はし》らせると、七海《ななみ》ちゃんは頬《ほお》に手《て》を当《あ》てた。

「それってどういうことなのかしら」

「遠藤《えんどう》さんのことだから、『あとはT3《ティースリー》のみんなで推理《すいり》しなさい』ってことじゃないでしょうか？」

犯人《はんにん》からの挑戦状《ちょうせんじょう》をもらった探偵《たんてい》のように、大樹《たいき》はうれしそうに目《め》を輝《かがや》かせた。

「これもミステリーってことかもな」

僕《ぼく》はウンと大《おお》きくうなずく。

「それにしても11時《じ》38分《ぷん》って……、三時間近《じかんちか》くもあるわよ」

そう言《い》った未来《みらい》の顔《かお》を僕《ぼく》と七海《ななみ》ちゃんは、じっと見《み》つめた。

「なにを言《い》っているんだよ？　未来《みらい》」

未来《みらい》は「えっ？」と戸惑《とまど》う。


『たった三時間《じかん》しか、ないんだよぉ！』


僕《ぼく》と大樹《たいき》と七海《ななみ》ちゃんは、声《こえ》を合《あ》わせて言《い》った。

「あっ、そうだったね」

未来《みらい》はペロリとかわいく舌《した》を出《だ》した。

「そうだよ、未来《みらい》。同《おな》じ駅《えき》に二度《ど》、来《こ》れるかどうかわからないだろ。もしかすると僕《ぼく》らは『長岡《ながおか》』には、人生《じんせい》でたった三時間《じかん》しかいられないかもしれないんだからっ。見《み》られるものはちゃんと見《み》ておかないとね」

腰《こし》に両手《りょうて》を当《あ》てて僕《ぼく》は微笑《ほほえ》んだ。

「よしっ、そうと決《き》まったら駅《えき》を探検《たんけん》に行《い》こう!!」

未来《みらい》が右手《みぎて》を勢《いきお》いよく突《つ》きあげたので、僕《ぼく》らは『おーーーっ!!』と応《こた》えて改札口《かいさつぐち》へ向《む》かって歩《ある》きだす。

改札口《かいさつぐち》を出《で》た僕《ぼく》らは、周囲《しゅうい》に目《め》を走《はし》らせながらズンズン進《すす》んでいく。

長岡駅《ながおかえき》はとても大《おお》きく立派《りっぱ》で、『CoCoLo《ココロ》長岡《ながおか》』っていう大《おお》きな駅《えき》ビルになっている。

大手口《おおてぐち》方向《ほうこう》に出《で》て、駅前広場《えきまえひろば》をまたぐ『大手《おおて》スカイデッキ』と呼《よ》ばれる空中通路《くうちゅうつうろ》を進《すす》む。

その先《さき》には『アオーレ長岡《ながおか》』というガラス張《ば》りのとてもオシャレな建物《たてもの》があった。

「あそこに大《おお》きなショッピングモールがあるじゃん！　行《い》ってみようよ」

と未来《みらい》が言《い》ったので、みんなでこの建物《たてもの》を目指《めざ》してきたのだけれど、その予測《よそく》は完璧《かんぺき》に、間違《まちが》っていた。

ガラス張《ば》りの三階通路《がいつうろ》から、巨大《きょだい》な吹《ふ》き抜《ぬ》けスペース「ナカドマ」に入《はい》った僕《ぼく》らは、その建物《たてもの》の正体《しょうたい》を知《し》ってびっくりした。

『ここが市役所《しやくしょ》――!? うっそぉ～～』

そう。住民票《じゅうみんひょう》や戸籍《こせき》の手続《てつづ》きをする、あの「市役所《しやくしょ》」だったんだ。

しかもナカドマってスペースは、イベントの時《とき》には大《おお》きなステージとしても使《つか》われるんだって。

カフェや大型《おおがた》のモニターもあり、すごく開放的《かいほうてき》だ。

「すごぉい。コンビニ、ファストフード、カフェもあるし、イベントホールや大《おお》きな体育《たいいく》館《かん》もあるなんて～」

七海《ななみ》ちゃんの目《め》が丸《まる》くなる。

建物《たてもの》の壁《かべ》や天井《てんじょう》には、ウッドボードが空中《くうちゅう》に浮《う》いているかのように美《うつく》しく飾《かざ》られている。

屋根《やね》のガラス部分《ぶぶん》からは、おだやかな日差《ひざ》しが差《さ》しこむ。

外装《がいそう》がガラスと木《き》で作《つく》られているからか、全体的《ぜんたいてき》にとてもやさしい雰囲気《ふんいき》が漂《ただよ》っている。

「駅《えき》を出《で》てすぐに、こういう建物《たてもの》があるなんて、楽《たの》しいよねっ」

僕《ぼく》がそう言《い》うと、七海《ななみ》ちゃんがコクンとうなずく。

「三時間《じかん》の待《ま》ち時間《じかん》があってよかった。こんなすごい市役所《しやくしょ》が見《み》られたんだもん」

「市役所《しやくしょ》と聞《き》けば〝お堅《かた》い〟イメージがありますが、こういった雰囲気《ふんいき》だと『食事《しょくじ》のついでに届《とど》け出《で》を』とか『相談《そうだん》のついでにイベントへ』とか、気楽《きらく》にここへ来《く》る機会《きかい》が増《ふ》えそうですね」

大樹《たいき》は目《め》を大《おお》きく見開《みひら》いて、ぐるりと見《み》まわして感心《かんしん》したように言《い》う。

「こういうことって、電車《でんしゃ》にも通《つう》じるかもしれないね」

くるりと大樹《たいき》が振《ふ》り向《む》いて、僕《ぼく》を見《み》た。

「どういうことだ？　雄太《ゆうた》」

「電車《でんしゃ》とか市役所《しやくしょ》って『あってあたりまえ』のものだけど、どこにでもあるようなものよりアオーレ長岡《ながおか》みたいなほうが楽《たの》しいし、通《つう》学《がく》するんだったら水戸岡《みとおか》さんデザインの車両《しゃりょう》のほうが絶対《ぜったい》いいなって、思《おも》うじゃん」

大樹《たいき》は、フムとあごを右手《みぎて》でスリスリさわる。

「なるほど……あってあたりまえのものだからこそ……か……」

考《かん》えごとをする大樹《たいき》の顔《かお》を、未来《みらい》はずっとのぞきこむ。

「こういうことも参考《さんこう》になりそう？」

「なります、なります。こういうことは、すごい発想《はっそう》の転換《てんかん》につながります」

大樹《たいき》はうれしそうに、ウンウンと何度《なんど》もうなずいた。

アオーレ長岡《ながおか》のあちらこちらを見学《けんがく》しているうちに、列車《れっしゃ》の発車時刻《はっしゃじこく》が近《ちか》づいてきた。

11時《じ》15分頃《ふんごろ》にあわてて長岡駅改札口《ながおかえきかいさつぐち》へと戻《もど》って、駅前《えきまえ》のコンビニでみんなの駅弁《えきべん》を買《か》った。

ここで僕《ぼく》は、②の封筒《ふうとう》に入《はい》っていたきっぷをみんなに渡《わた》した。

6

謎《なぞ》の列車名《れっしゃめい》

僕《ぼく》らは「上越線《じょうえつせん》・信越線《しんえつせん》のりば」と書《か》かれた青《あお》い看板《かんばん》のある在来線《ざいらいせん》の改札口《かいさつぐち》から入《はい》り、駅構内《えきこうない》の列車案内板《れっしゃあんないばん》がズラリと並《なら》ぶ場所《ばしょ》で、四人《よにん》そろって首《くび》を上《あ》げる。

「11時《じ》38分《ぷん》の列車《れっしゃ》だっけ？　そんな指示《しじ》で乗《の》り間違《まちが》えしない？」

未来《みらい》は心配《しんぱい》そうな顔《かお》をする。

「東京《とうきょう》や大阪《おおさか》、名古屋《なごや》とかだったら、同《おな》じ時間《じかん》に何本《なんぼん》も出発《しゅっぱつ》する電車《でんしゃ》があるから乗《の》り間違《まちが》えちゃうかもしれないけどね……地方都市《ちほうとし》の場合《ばあい》はたいてい大丈夫《だいじょうぶ》」

僕《ぼく》は列車案内板《れっしゃあんないばん》を目《め》で追《お》う。

すると、一番右《いちばんみぎ》にあった「上越線《じょうえつせん》・小千谷《おぢや》、越後川口《えちごかわぐち》、小出《こいで》、六日町方面《むいかまちほうめん》」の列車案内《れっしゃあんない》板《ばん》に11時《じ》38分《ぷん》に出発《しゅっぱつ》する列車《れっしゃ》が表示《ひょうじ》されていた。

「ほらっ、きっとあれだよ。『快速《かいそく》　11時《じ》38分発《ぷんはつ》　十日町《とおかまち》　3番線《ばんせん》』

「そっか～、11時《じ》38分《ぷん》に発車《はっしゃ》する列車《れっしゃ》は一本《いっぽん》しかないのね。よかったぁ」

列車案内板《れっしゃあんないばん》の下段《げだん》に、その時《とき》『越乃《こしの》Ｓｈｕ《シュ》＊Ｋｕ《ク》ｒａ《ラ》』と列車名《れっしゃめい》が流《なが》れた。

「あれ、なんて読《よ》むの？」

七海《ななみ》ちゃんが聞《き》いたが、大樹《たいき》も答《こた》えられない。

僕《ぼく》はすぐにケータイで検索《けんさく》する。

「えっと……前《まえ》の漢字《かんじ》は『コシノ』で、後《うし》ろの英字《えいじ》は『シュクラ』と読《よ》むみたいだよ」

「コシノシュクラ？　変《か》わった名前《なまえ》ね。どんな列車《れっしゃ》なのかな」

「さあ……」

これだけじゃ、どんな列車《れっしゃ》なのか、僕《ぼく》もまったくわからない。

僕《ぼく》らはホームの上《うえ》にかかる通路《つうろ》を歩《ある》き、「3」と大《おお》きく書《か》かれた水色《みずいろ》の看板《かんばん》のところにあったエスカレーターに乗《の》り、3番線《ばんせん》へと下《お》りた。

「何号車《なんごうしゃ》だっけ？」

先頭《せんとう》の未来《みらい》が振《ふ》り返《かえ》った。

「確《たし》か1号車《ごうしゃ》でしたよ。シートは『3のABCD《エービーシーディー》』だったはずです」

大樹《たいき》は、床《ゆか》にある列車《れっしゃ》のイラストの入《はい》った停車位置《ていしゃいち》ステッカーをチェックしながら、ホームを越後湯沢方面《えちごゆざわほうめん》へ歩《ある》き「1号車《ごうしゃ》・指定席《していせき》」と書《か》かれた場所《ばしょ》で立《た》ち止《ど》まった。

まだ並《なら》んでいる人《ひと》は誰《だれ》もいなかったから、僕《ぼく》らが先頭《せんとう》。

列車《れっしゃ》を待《ま》っている間《あいだ》に、赤《あか》い機関車《きかんしゃ》に牽《ひ》かれた、コンテナをたくさん積《つ》んだ貨物列車《かもつれっしゃ》が、目《め》の前《まえ》を勢《いきお》いよく走《はし》り抜《ぬ》けていく。

もちろん、僕《ぼく》らはウワッと盛《も》りあがり、デジカメやケータイですかさず撮影《さつえい》。

やがて、列車《れっしゃ》の接近《せっきん》をしらせる放送《ほうそう》が流《なが》れる。

《まもなく〜、3番線《ばんせん》に十日町行快速列車《とおかまちいきかいそくれっしゃ》、越乃《こしの》Shu《シュ》*Kura《クラ》がまいります》

「こっちから来《く》るのよねっ！」

未来《みらい》は、デジカメのレンズを右《みぎ》へ向《む》けた。

駅《えき》の手前《てまえ》にある右《みぎ》カーブを曲《ま》がりながら、深《ふか》い青色《あおいろ》の列車《れっしゃ》が近《ちか》づいてくるのが見《み》えた。

列車《れっしゃ》の正面《しょうめん》には「貫通扉《かんつうとびら》」と呼《よ》ばれるドアがあるんだけど、その部分《ぶぶん》だけ白《しろ》く塗《ぬ》られていた。

「あれが、越乃《こしの》Shu*Kura《シュクラ》っ！」

七海《ななみ》ちゃんがピョンとはねながら右手《みぎて》で指差《ゆびさ》す。

「ほぉ。キハ40形《がた》を改造《かいぞう》した車両《しゃりょう》のようですね」

「キハ40形《がた》？」

きょとんとした七海《ななみ》ちゃんに大樹《たいき》が説明《せつめい》しはじめた。

「約《やく》四十年前《ねんまえ》にたくさん造《つく》られたディーゼル車《しゃ》です。キハ40形《がた》は車両《しゃりょう》の形式番号《けいしきばんごう》で、キハの『キ』は気動車《きどうしゃ》のキ、キハの『ハ』はイ・ロ・ハ並《なら》びの三番目《ばんめ》ということで、三等車《とうしゃ》ってことですね」

手帳《てちょう》やケータイがなくっても、大樹《たいき》はちらりときっぷを見《み》ただけで席《せき》のナンバーもすぐに暗記《あんき》してしまうし、車両《しゃりょう》の形式番号《けいしきばんごう》もすらすらっと口《くち》にしてしまう。

頭《あたま》の中《なか》には、ものすごい量《りょう》の鉄道知識《てつどうちしき》が詰《つ》まっているんだ。すごいよね。

「さっすが、大樹君《たいきくん》！」

「いや、これくらいのことは……」

照《て》れている大樹《たいき》の横《よこ》を冷《つめ》たい風《かぜ》をともないながら、青《あお》いキハ40形《がた》が駆《か》け抜《ぬ》けていく。

車体横《しゃたいよこ》の号車表示《ごうしゃひょうじ》は、先頭《せんとう》から3号車《ごうしゃ》、2号車《ごうしゃ》、1号車《ごうしゃ》の順《じゅん》。

カシャ!! カシャ!! カシャ!! カシャ!! カシャ!! カシャ!!

未来《みらい》が素早《すばや》くシャッターを切《き》る音《おと》が聞《き》こえてくる。

ゆっくりと停車《ていしゃ》した車体側面《しゃたいそくめん》は、上半分《うえはんぶん》が白色《しろいろ》、下半分《したはんぶん》が濃《こ》い青色《あおいろ》だった。

「うわぁ〜なんか窓大《まどおお》きくない？」

七海《ななみ》ちゃんが背伸《せの》びしながら、両手《りょうて》をグルンと大《おお》きく左右《さゆう》に広《ひろ》げた。

「おっ、さすが七海《ななみ》ちゃん。この車両《しゃりょう》、大型《おおがた》の窓《まど》ガラスに改造《かいぞう》されているみたいだね」

キハ40形《がた》に僕《ぼく》は何度《なんど》も乗《の》ったことがあるけど、これまでのものは、こんなに窓《まど》は大《おお》きくなかった。

普通《ふつう》のキハ40形《がた》なら、窓《まど》はほぼ真四角《ましかく》。

でも越乃《こしの》Ｓ《シ》ｈｕ《ュ》＊Ｋ《ク》ｕｒａ《ラ》は、縦《たて》が二倍《ばい》くらいある。

そんな大型窓《おおがたまど》がズラリと並《なら》んでいるから、車体《しゃたい》の側面《そくめん》がすべてガラスみたいにも見《み》える。

ふと、最後尾《さいこうび》の1号車《ごうしゃ》の乗務員扉《じょうむいんとびら》を見《み》ると、中《なか》からピンクのラインの入《はい》った帽子《ぼうし》をかぶった女性車掌《じょせいしゃしょう》さんが黒《くろ》いバッグを持《も》って出《で》てきた。

　ホームには別《べつ》の乗務員《じょうむいん》さんがいて、女性車掌《じょせいしゃしょう》さんとあいさつをかわすと、入れ替《いか》わりに車内《しゃない》に入《はい》っていく。

　あれ？　もしかして、長岡《ながおか》では……。

「よし、乗《の》りこもう〜!!」

　未来《みらい》は手《て》を挙《あ》げ、2号車《ごうしゃ》との連結部《れんけつぶ》近《ちか》くにある1号車《ごうしゃ》の扉《とびら》から元気《げんき》に中《なか》へ入《はい》っていく。

　僕《ぼく》もステップを蹴《け》ってデッキに上《のぼ》り、中《なか》へ入《はい》る扉《とびら》を開《ひら》いた。

「うわぁ〜すごい！」

　七海《ななみ》ちゃんは胸《むね》の前《まえ》で手《て》を合《あ》わせて、感動《かんどう》の声《こえ》をもらした。

　未来《みらい》も目《め》を輝《かがや》かせ、カメラを車内《しゃない》に向《む》ける。

　越乃《このし》Ｓｈｕ《シュ》＊Ｋｕｒａ《クラ》は、とってもオシャ

レな車両《しゃりょう》だった。

　デッキから入《はい》ってすぐに左右《さゆう》に並《なら》ぶシートは、すべて右側《みぎがわ》の窓《まど》を向《む》くように設置《せっち》されていた。つまり進行方向《しんこうほうこう》に対《たい》して横向《よこむ》きだ。

　右側《みぎがわ》のシートは、窓《まど》と平行《へいこう》に延《の》びるカウンターシートになっている。

　通路《つうろ》をはさんで左側《ひだりがわ》のシートは、床《ゆか》が一段《だん》高《たか》くなっているので、どっちに座《すわ》っても右《みぎ》の車窓《しゃそう》に広《ひろ》がる景色《けしき》を十分《じゅうぶん》に楽《たの》しめるようになっていた。

　しかもすべて二人用《ふたりよう》のペアシート！　シートや床《ゆか》、隣席《りんせき》との間《あいだ》に立《た》つパーティションも深《ふか》い茶色《ちゃいろ》の木《き》で作《つく》られていてかっこいい。

　アオーレ長岡《ながおか》のように、ガラスと木《き》がたく

さん使《つか》われているんだ。

「越乃《こしの》Ｓｈｕ《シュ》＊Ｋｕｒａ《クラ》は純和風《じゅんわふう》テイストだなぁ。右《みぎ》のカウンターのほうが『展望《てんぼう》ペアシート』、左側《ひだりがわ》のほうは『くつろぎペアシート』って名前《なまえ》だってさ」

ケータイを見《み》ながら、僕《ぼく》はみんなに伝《つた》えた。

「まるで高級旅館《こうきゅうりょかん》のような雰囲気《ふんいき》じゃないか」

大樹《たいき》は木製《もくせい》の室内《しつない》インテリアをさわりながらゆっくり通路《つうろ》を歩《ある》く。

「僕《ぼく》らの席《せき》は四人用《よにんよう》のボックスシートみたいだよ」

「了解《りょうかい》、雄太《ゆうた》！　３のＡＢＣＤ《エービーシーディー》……ＡＢＣＤ《エービーシーディー》……ＡＢＣＤ《エービーシーディー》……」

そうつぶやく未来《みらい》の後《うし》ろをついて歩《ある》いていた僕《ぼく》は、その時《とき》、「うん!?」と思《おも》った。

右《みぎ》のカウンター席《せき》の一番奥《いちばんおく》に座《すわ》っていた二人組《ふたりぐみ》の後《うし》ろ姿《すがた》に、なんだか見覚《みおぼ》えがあるような気《き》がしたんだ。

でも、カウンターに座《すわ》っているから、顔《かお》は見《み》えない。

その時《とき》、白《しろ》い大《おお》きなパーティションの向《む》こう側《がわ》にある、四人用《よにんよう》のテーブル席《せき》を未来《みらい》が指差《ゆびさ》して、叫《さけ》んだ。

「あった――！！　ここよっ」

この四人席《よにんせき》は『らくらくボックスシート』といって、真《ま》ん中《なか》の茶色《ちゃいろ》の大《おお》きなテーブルをはさむように二人掛《ふたりが》けのベンチシートが並《なら》んでいる。

シートは和風《わふう》の浴衣《ゆかた》っぽい細《こま》かい模様《もよう》の入《はい》った生地《きじ》で、とても高《たか》い背《せ》もたれには白《しろ》いきれいなシートカバーがかけられていた。

「七海《ななみ》さん、未来《みらい》さん。お好《す》きな席《せき》へお先《さき》にどうぞ」

いつものように大樹《たいき》がレディファーストで女子《じょし》チームに席《せき》をゆずる。

「じゃあ、七海《ななみ》ちゃん。こっちへ座《すわ》ろうよ」

未来《みらい》が七海《ななみ》ちゃんとともに、運転台《うんてんだい》のあるほうのベンチシートに並《なら》んで座《すわ》ろうとする。

「反対側《はんたいがわ》のほうがいいよ、きっと」

僕《ぼく》は思《おも》わず声《こえ》をかけた。未来《みらい》は後《うし》ろの運転台《うんてんだい》を指差《ゆびさ》しながら、不満《ふまん》げにぷぅと頬《ほお》をふくらます。

「えっ!?　どうして。後《うし》ろはこっちでしょ？」

「たぶん、この列車《れっしゃ》は、ここ長岡《ながおか》でスイッチバックすると思《おも》うんだ」

『えっ!?　スイッチバック!?』

三人《にん》は驚《おどろ》いた声《こえ》で繰《く》り返《かえ》す。未来《みらい》は目《め》にきっと力《ちから》を入《い》れて僕《ぼく》を見《み》た。

「どうしてそんなことがわかるの?」

「どうしてって言《い》われても……」

「もしかして、Web《ウェブ》サイトに書《か》いてあった?」

「そうじゃないんだけど……」

注目《ちゅうもく》するみんなの顔《かお》を見《み》ながら、僕《ぼく》はニヤッと笑《わら》った。

「〝勘《かん》〟でわかるんだ!」

大樹《たいき》と未来《みらい》はズルリと足《あし》をすべらせる。

「かっ、勘《かん》って……雄太君《ゆうたくん》……」

不安《ふあん》そうな七海《ななみ》ちゃんと未来《みらい》の背中《せなか》を押《お》し

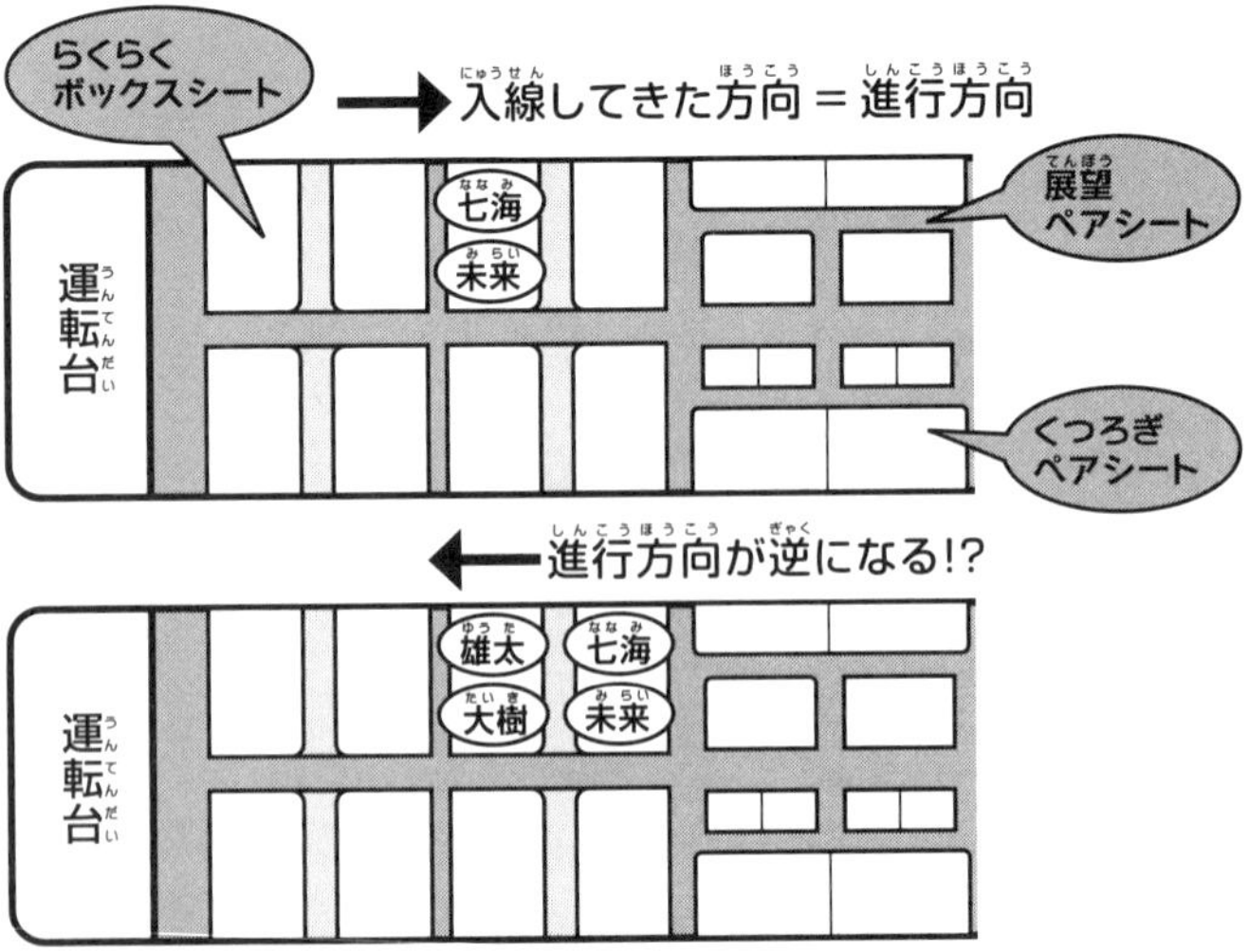

て、僕《ぼく》は反対側《はんたいがわ》のシートへ座《すわ》ってもらった。

「まぁまぁ、もし反対《はんたい》へ動《うご》きだしたら、すぐに席《せき》を替《か》わってあげるからさ」

僕《ぼく》は窓側《まどがわ》の七海《なな み》ちゃんの前《まえ》、大樹《たいき》は通路側《つうろがわ》で未来《みらい》の前《まえ》に座《すわ》った。

やがて越乃《こしの》Ｓｈｕ《シュ》＊Ｋｕｒａ《クラ》の発車時刻《はっしゃじこく》になった。

ホームからは発車《はっしゃ》メロディとアナウンスが聞《き》こえ、ドアが閉《し》まる。

どっちへ動《うご》くか緊張《きんちょう》の一瞬《いっしゅん》！

未来《みらい》は、目《め》を細《ほそ》め、疑《うたが》いの目《め》でジロリと僕《ぼく》を見《み》ている。

「本当《ほんとう》なのかなぁ〜？　雄太《ゆうた》の勘《かん》！」

「まぁ、見《み》てなよ」

ガックン〜グゥウウウン……。11時《じ》38分《ぷん》、列車《れっしゃ》が動《うご》きだす。

越乃《こしの》Ｓｈｕ《シュ》＊Ｋｕｒａ《クラ》は長岡《ながおか》で進行方向《しんこうほうこう》を変《か》えて、ホームへ入《はい》ってきた越後湯沢方面《えちごゆざわほうめん》へと走《はし》りだしたのだ。

「やっぱりっ！　ほらね！」

僕《ぼく》は右手《みぎて》をぐーんと上《うえ》に向《む》かって突《つ》き出《だ》した。

『本当《ほんとう》だぁ〜』

未来《みらい》と七海《ななみ》ちゃんはぽかんと口《くち》を開《あ》けたまま。

「どうして、ここでスイッチバックすると、わかったんだ？　雄太《ゆうた》」

その秘密《ひみつ》が知《し》りたいとばかりに、大樹《たいき》が僕《ぼく》に詰《つ》めよる。

「実《じつ》はさっき、運転台《うんてんだい》の乗務員《じょうむいん》さんが入《い》れ替《か》わるところを見《み》てたんだ」

僕《ぼく》は運転手《うんてんしゅ》さんのいる運転台《うんてんだい》を指差《ゆびさ》す。

「そっ、そこか。よく気《き》づいたな」

「僕《ぼく》の夢《ゆめ》は電車《でんしゃ》の運転手《うんてんしゅ》さんになることだろ。だから運転手《うんてんしゅ》さんや車掌《しゃしょう》さんが大好《だいす》きで、気《き》がつくと『なにしているのかなぁ？』って見《み》ちゃうんだ」

「そうなんだぁ」

七海《ななみ》ちゃんが、へぇという顔《かお》でうなずく。

「そういうところは、さすがだよな雄太《ゆうた》は」

大樹《たいき》にほめられると、僕《ぼく》はめちゃくちゃうれしくなってしまう。

「えっへへ……。普通《ふつう》、乗務員《じょうむいん》さんが入《い》れ替《か》わるのは、ＪＲ《ジェイアール》の管轄《かんかつ》が変《か》わる駅《えき》って決《き》まってるだろ。長岡《ながおか》は別《べつ》にそういう駅《えき》じゃなかったのに入《い》れ替《か》わったから、もしかしたらって思《おも》ってさ」

長岡《ながおか》を出発《しゅっぱつ》してすぐにアテンダントさんがやってきて、「いらっしゃいませ、ようこそ越乃《こしの》Ｓｈｕ《シュ》＊Ｋｕｒａ《クラ》へ」と言《い》いながら、サイダーと小《ちい》さなお弁当《べんとう》みたいな軽食《けいしょく》をみんなに配《くば》ってくれたのも、うれしい驚《おどろ》きだった。

瓶《びん》の表面《ひょうめん》がうっすらと曇《くも》るほど、サイダーはきんきんに冷《ひ》えていた。

信越本線《しんえつほんせん》を柏崎方向《かしわざきほうこう》へ一駅進《ひとえきすす》み宮内《みやうち》を通過《つうか》した列車《れっしゃ》は、ツィインと大《おお》きな音《おと》を響《ひび》かせながら左《ひだり》へカーブしていく。

「ここで上越線《じょうえつせん》へ入《はい》りましたね」

大《おお》きな時刻表《じこくひょう》を広《ひろ》げ、大樹《たいき》が、巻頭《かんとう》の路線図《ろせんず》を指差《ゆびさ》す。

その指《ゆび》をずっと伸《の》ばしていくと、飯山線《いいやません》の先《さき》に「十日町《とおかまち》」って駅《えき》があった。

「この越乃《こしの》Ｓｈｕ《シュ》＊Ｋｕｒａ《クラ》の終点《しゅうてん》は、『十日町《とおかまち》』なのね」

七海《ななみ》ちゃんがつぶやく。

「そうだね。その先《さき》からは、まだどこへ行《い》くのか、まったくわからないけどね」

「封筒《ふうとう》はもうないし……どうなるんだろ」

「そうなんだよなぁ～」

僕《ぼく》は、小《ちい》さなお弁当箱《べんとうばこ》から煮物《にもの》を一《ひと》つつまみながら、窓《まど》の外《そと》に目《め》を向《む》ける。

「そんなふうに言《い》われると、こっちも不安《ふあん》になっちゃう……大丈夫《だいじょうぶ》かな？　雄太《ゆうた》」

とはいえ、僕《ぼく》は笑《わら》うしかない。

「大丈夫《だいじょうぶ》もなにも、これは僕《ぼく》の計画《けいかく》じゃないし、今日《きょう》はミステリーツアーだからね」

「そっ、そうだけどさ～」

未来《みらい》は唇《くちびる》をちょっと突《つ》き出《だ》す。

でも僕《ぼく》は不安《ふあん》なんて全然《ぜんぜん》感《かん》じていなかった。

「きっと十日町《とおかまち》でなにか指示《しじ》があるんじゃない？　心配《しんぱい》ないよ」

気楽《きらく》な口調《くちょう》で答《こた》える。遠藤《えんどう》さんは「いろいろなことを考《かんが》えて、この旅《たび》を計画《けいかく》してくれたはず」と僕《ぼく》は信《しん》じているから。

「相変《あいか》わらず、雄太《ゆうた》は能天気《のうてんき》なんだから」

「いいじゃない。先《さき》のことはおいといて、十日町《とおかまち》までは越乃Ｓｈｕ＊Ｋｕｒａ《こしのシュクラ》を楽《たの》しもうよ。景色《けしき》を味《あじ》わって駅弁《えきべん》食《た》べて、あとで車内探検《しゃないたんけん》へ行《い》こうよ！」

僕《ぼく》は、袋《ふくろ》から駅弁《えきべん》を取《と》り出《だ》しながら言《い》う。

「私《わたし》も、ごはんを食《た》べ終《お》えたら、車内探検《しゃないたんけん》行《い》きた――い!!」

七海《ななみ》ちゃんは、元気《げんき》よく最初《さいしょ》に駅弁《えきべん》に手《て》を伸《の》ばした。

「雄太《ゆうた》の言《い》うとおりですよ。遠藤《えんどう》さんはちゃんと考《かんが》えてくれていますよ」

そう言《い》いながら大樹《たいき》も駅弁《えきべん》を取《と》る。

その時《とき》未来《みらい》のお腹《なか》が、「ぐううう」と鳴《な》った。

「お腹《なか》が減《へ》っては、旅《たび》はしていられない！」

「そうそう」

未来《みらい》がお弁当《べんとう》を自分《じぶん》の前《まえ》に置《お》き、ニコッと笑《わら》った。

今日《きょう》の僕《ぼく》と未来《みらい》の駅弁《えきべん》は、焼《や》き肉《にく》がごはんの上《うえ》にびっしりのった『特製牛《とくせいぎゅう》めし』。

大樹《たいき》と七海《ななみ》ちゃんはふっくらと炊《た》きあげた美味《おい》しいごはんが主役《しゅやく》の『越路弁当《こしじべんとう》』。

ていねいに包《つつ》み紙《がみ》をはずし、おてふきで手《て》を拭《ふ》いてから手《て》を合《あ》わせる。

『いただきまーす!!』


蓋《ふた》を開《あ》けると、美味《おい》しい香《かお》りが、ぶわっとテーブルいっぱいに広《ひろ》がる。

大《おお》きなテーブルは、駅弁《えきべん》と軽食《けいしょく》と飲《の》みものでいっぱいだ。

ちょうど、越後滝谷《えちごたきや》という駅《えき》を通過《つうか》していくところだった。

「大樹君《たいきくん》、遠藤《えんどう》さんは『気分転換《きぶんてんかん》に』なんて言《い》っていたけどさ。こんなにいろいろな電車《でんしゃ》に乗《の》っちゃったら、反対《はんたい》に車両《しゃりょう》デザインのことが頭《あたま》から離《はな》れなくなっちゃうんじゃない？」

未来《みらい》はそう言《い》って焼《や》き肉《にく》とごはんを一緒《いっしょ》にすくって、口《くち》に放《ほう》りこんだ。

ムフゥと頬《ほお》をふくらませる笑顔《えがお》から、駅弁《えきべん》が、とっても美味《おい》しいことがわかる。

「それが自分《じぶん》でも意外《いがい》なくらいワクワクしているんです。……手帳《てちょう》を持《も》っていないので、メモもできませんし。だからなのかな、単純《たんじゅん》に楽《たの》しくって」

真《ま》っ白《しろ》なごはんを、大樹《たいき》はぱくりと食《た》べる。

「本当《ほんとう》に？」

「今《いま》まで旅《たび》へ行《い》く時《とき》は『事前《じぜん》にバッチリ調《しら》べる』のがあたりまえで、調《しら》べたことを確認《かくにん》するような感《かん》じだったんです。でも今回《こんかい》は、雄太《ゆうた》から現地《げんち》で教《おし》えてもらったり、突然現《とつぜんあらわ》れる列車《れっしゃ》にびっくりしたり。それがすごく新鮮《しんせん》で、こういう旅《たび》も楽《たの》しいなって思《おも》いました」

未来《みらい》がニコリと笑《わら》う。

「それなら、よかった」

僕《ぼく》は大《おお》きな牛肉《ぎゅうにく》で、下《した》のごはんをクルンと包《つつ》んで口《くち》に入《い》れた。じゅわっと肉汁《にくじゅう》がごはんにしみこんでめちゃくちゃ美味《おい》しい。

「でも……『本当《ほんとう》にいい車両《しゃりょう》デザイン』って、どんなものなんでしょうか……」

ぽつりと大樹《たいき》がつぶやいた。

「いい車両《しゃりょう》デザイン？」

未来《みらい》が聞《き》き返《かえ》す。

「僕《ぼく》はどんな車両《しゃりょう》でも好《す》きだから、これはいいとか、これはダメとか、正直《しょうじき》、よくわからないなぁ」

「それ、雄太《ゆうた》らしいね」

くすっと未来《みらい》が笑《わら》った。

「う〜ん。私《わたし》もそういうことを考《かんが》えて、電車《でんしゃ》に乗《の》ったことないかも〜」

いくらをたくさんのせたごはんを、七海《ななみ》ちゃんはほおばりながらつぶやく。

僕《ぼく》ら四人《よにん》は、「う〜ん」となった。

電車《でんしゃ》ファンの僕《ぼく》は、電車《でんしゃ》に乗《の》る時《とき》に「いいデザインとはなにか」なんて、考《かんが》えたこともない。

もちろん、「かっこいい！」とか「乗《の》り心地《ごこち》が最高《さいこう》！」とかは思《おも》うけど。

だから、改《あらた》めて「いい車両《しゃりょう》デザインってなんだろう？」って大樹《たいき》に聞《き》かれても、簡単《かんたん》には答《こた》えられないんだ。

列車《れっしゃ》は小千谷《おぢや》に11時《じ》52分《ふん》に到着《とうちゃく》して、すぐに出発《しゅっぱつ》する。

越乃《こしの》Ｓｈｕ＊Ｋｕｒａ《シュクラ》は観光列車《かんこうれっしゃ》だから、途中《とちゅう》で乗《の》り降《お》りする人《ひと》はあまりいなかった。

「でも雄太《ゆうた》も、まったく考《かんが》えていないわけじゃないだろう？」

そう言《い》った大樹《たいき》の目《め》は真剣《しんけん》だった。

「そうだなぁ。なんとなく『いい車両《しゃりょう》』のイメージはあるけどね」

「出《で》たぁ〜。雄太《ゆうた》、なんとなくとか言《い》っちゃって〜。また勘《かん》で言《い》う気《き》じゃないの？」

未来《みらい》はさっきと同《おな》じように、ちらりと僕《ぼく》を見《み》つめる。

僕《ぼく》はその目《め》を受《う》け止《と》め、うなずく。

「……そうだよ。勘《かん》かもしれない。いや、いい車両《しゃりょう》って感《かん》じるかどうかは、僕《ぼく》の場合《ばあい》、確《たし》かに勘《かん》だな。勘《かん》！」

みんなは「おふっ」とテーブルへ向《む》かって、倒《たお》れこみそうになった。

「もう～雄太《ゆうた》。適当《てきとう》なことばっかり言《い》って！」

口《くち》をとがらせた未来《みらい》に向《む》かって、僕《ぼく》はお箸《はし》ですくった牛《ぎゅう》めしを見《み》せた。

「駅弁《えきべん》もそうだよ。僕《ぼく》にはこんなすごい駅弁《えきべん》を作《つく》ることはできないけど、駅弁《えきべん》を食《た》べたら美味《おい》しいってことはわかる。そういうことだよ」

「あぁ～。雄太君《ゆうたくん》の言《い》うこと、私《わたし》、少《すこ》しわかるような気《き》がする～」

七海《ななみ》ちゃんはフンフンとうなずきながら、お箸《はし》をすっと置《お》いた。

「えっ、ほんと？」

「もう少《すこ》し、聞《き》かせてもらえませんか？　七海《ななみ》さん」

大樹《たいき》が前《まえ》のめりになる。

「もし『美味《おい》しい駅弁《えきべん》はどれ？』って聞《き》かれたら、『あの駅《えき》で食《た》べた、なんとか弁当《べんとう》！』って、私《わたし》、きっと答《こた》えると思《おも》うの。でも、その作《つく》り方《かた》は知《し》らないでしょ」

「それはそうですね」

「それと同《おな》じように、いい車両《しゃりょう》をどうやってデザインするかは私《わたし》にはわからない。でも、電車《でんしゃ》に乗《の》った時《とき》、『これすごい！』とか『かっこいい！』とか感《かん》じることはできるってこと」

七海《ななみ》ちゃんは右《みぎ》の人差《ひとさ》し指《ゆび》を左右《さゆう》に振《ふ》りながら言《い》う。

「なるほど……誰《だれ》にでも『いい、悪《わる》い』はわかるってことですね」

その時《とき》、未来《みらい》がパチンと指《ゆび》を鳴《な》らす。

「つまり、いいデザインの列車《れっしゃ》は、誰《だれ》でも『テンション上《あ》がる！』ってことよね……」

「それだよ、未来《みらい》！　僕《ぼく》らが……いや、大樹《たいき》が『こんな列車《れっしゃ》に乗《の》ったら、もしホームにすべりこんでくるのを見《み》たらテンション上《あ》がる！』っていう車両《しゃりょう》をデザインすれば、いいんじゃないかな」

僕《ぼく》は勢《いきお》いこんで言《い》った。

大樹《たいき》はテーブルに目《め》を落《お》としながら、左手《ひだりて》であごを二、三度《ど》さする。

「そうか……なるほど……」

すると、七海《ななみ》ちゃんがテーブルの上《うえ》にグーにした右手《みぎて》を差《さ》し出《だ》す。

「じゃあ、これまで乗《の》ったり、見《み》たりした列車《れっしゃ》でテンションが上《あ》がったものの話《はなし》をしようよっ！　きっと楽《たの》しいよ!!」

僕《ぼく》と大樹《たいき》と未来《みらい》は、みんな右手《みぎて》をグーにして出《だ》して、

『おぅぅぅぅぅ！』


と、声《こえ》をあげて微笑《ほほえ》んだ。

越乃《こしの》Ｓｈｕ＊Ｋｕｒａ《シュクラ》は、両側《りょうがわ》を山《やま》に囲《かこ》まれた路線《ろせん》をコトコトとゆっくり走《はし》っていく。

僕《ぼく》らは美味《おい》しい駅弁《えきべん》を食《た》べながら、テーブルを囲《かこ》んで電車《でんしゃ》の話《はなし》を始《はじ》めた。

「あの電車《でんしゃ》のこんなところがかっこよかった」とか「あの車両《しゃりょう》のそんなところが気持《きも》ちよかった」とか、今《いま》まで僕《ぼく》らが乗《の》ってきた電車《でんしゃ》の思《おも》い出《だ》し大会《たいかい》。

そんな僕《ぼく》らの話《はなし》を、大樹《たいき》はうなずきながら楽《たの》しそうに聞《き》いていた。

7 電車内《でんしゃない》はステージ

越乃《こしの》Ｓｈｕ《シュ》＊Ｋｕｒａ《クラ》は、越後川口《えちごかわぐち》を12時《じ》1分《ぷん》に出発《しゅっぱつ》する。

僕《ぼく》らが食《た》べ終《お》わった駅弁《えきべん》を片《かた》づけていると、未来《みらい》がすくっと立《た》ち上《あ》がった。

「よしっ、車内探検《しゃないたんけん》へ行《い》こう！　七海《ななみ》ちゃん」

横並《よこなら》びのベンチシートから未来《みらい》に引《ひ》き出《だ》された七海《ななみ》ちゃんは、手《て》を引《ひ》っ張《ぱ》られながら通路《つうろ》を歩《ある》いていく。

「僕《ぼく》らも行《い》こう！」

「そうだな」

僕《ぼく》と大樹《たいき》もシートから立《た》ち上《あ》がり、ピカピカに磨《みが》かれた1号車《ごうしゃ》の木製通路《もくせいつうろ》を歩《ある》いて後部《こうぶ》にあるデッキへと向《む》かう。

飯山線《いいやません》は土手《どて》の上《うえ》のようなところを走《はし》るので、とても見晴《みは》らしがいい。

大《おお》きな窓《まど》からは、刈《か》り取《と》った稲《いね》の根元《ねもと》が並《なら》ぶ田《た》んぼが見《み》え、山《やま》かげや木《き》の近《ちか》くには、まだとけきらない雪《ゆき》が残《のこ》っていた。

あれ？　あの二人組《ふたりぐみ》がいない……。

長岡《ながおか》から越乃《こしの》Ｓｈｕ《シュ》＊Ｋｕ《ク》ｒａ《ラ》に乗《の》る時《とき》に、僕《ぼく》らのシートの裏側《うらがわ》に座《すわ》っていた二人組《ふたりぐみ》は、もういなかった。

「車内探検《しゃないたんけん》へ行《い》ったのかな？」

僕《ぼく》がつぶやくと、前《まえ》を歩《ある》く大樹《たいき》が振《ふ》り返《かえ》る。

「どうかしたか？」

「いや、長岡《ながおか》で乗《の》った時《とき》に、ここに座《すわ》っていた二人《ふたり》のことが、少《すこ》し気《き》になってさ」

「気《き》になった？　なにか怪《あや》しいところがあったのか？」

大樹《たいき》の目《め》がすっとするどくなったので、僕《ぼく》はニコリと笑《わら》った。

「いやいや、怪《あや》しいとかヤバイとか、そういうことじゃないよ」

そこで僕《ぼく》と大樹《たいき》はデッキを渡《わた》って2号車《ごうしゃ》に入《はい》る。

『おおっ!!』

2号車《ごうしゃ》の中《なか》を見《み》た僕《ぼく》らは、思《おも》わず驚《おどろ》きの声《こえ》をあげた。

車両《しゃりょう》の手前《てまえ》には長《なが》いカウンターがあって、そこには白《しろ》いシャツとV《ヴィ》ネックの黒《くろ》い制服《せいふく》を着《き》たアテンダントさんがニコニコしながら立《た》っている。

カウンターには食《た》べものや飲《の》みもの、お土産《みやげ》がたくさん置《お》いてあるんだけど、一番《いちばん》たくさん並《なら》べてあったのは日本酒《にほんしゅ》だった。

水色《みずいろ》、茶色《ちゃいろ》、透明《とうめい》の瓶《びん》に入《はい》った日本酒《にほんしゅ》が、光《ひかり》を浴《あ》びてまるで宝石《ほうせき》のようにキラキラ光《ひか》っている。

カウンターの向《む》こうには酒樽《さかだる》の形《かたち》をしたテーブルが四《よっ》つ並《なら》んでいて、そこでおじさんやおばさんが、立《た》ったままおつまみを食《た》べながら楽《たの》しそうにお酒《さけ》を飲《の》んでいた。

「これは父《とう》さんたちが大喜《おおよろこ》びしそうな列車《れっしゃ》だな」

大樹《たいき》はフッと肩《かた》をすくめる。

「さっき、越乃《こしの》Ｓｈｕ《シュ》＊Ｋｕｒａ《クラ》の列車名《れっしゃめい》を調《しら》べてみたんだけど、『越《こし》』は江戸以前《えどいぜん》の新潟地域《にいがたちいき》の国名《こくめい》で、『Ｓｈｕ《シュ》』はお酒《さけ》、『Ｋｕｒａ《クラ》』は蔵《くら》って意味《いみ》で、この列車《れっしゃ》は日本酒《にほんしゅ》をコンセプトにした列車《れっしゃ》らしいよ。遠藤《えんどう》さんは自分《じぶん》が乗《の》りたかった列車《れっしゃ》を選《えら》んだんじゃない？」

「そうだな、きっと」

顔《かお》を見合《みあ》わせて、僕《ぼく》と大樹《たいき》はふふっと笑《わら》った。

未来《みらい》と七海《ななみ》ちゃんもここでストップしている。

「ここは『走《はし》る飲《の》み屋《や》さん』だぁ～。これはさすがに大樹君《たいきくん》の参考《さんこう》にはならないよね」

カメラで車内《しゃない》を撮《と》っていた未来《みらい》は苦笑《にがわら》い。

「でも、お酒好《さけず》きの人《ひと》には、この列車《れっしゃ》も『いいデザインの車両《しゃりょう》』ですよ、きっと」

「……なるほどねぇ。私《わたし》のお父《とう》さんも、天国《てんごく》って言《い》うかも」

大樹《たいき》は1号車《ごうしゃ》よりもさらに大《おお》きい窓《まど》ガラスを指差《ゆびさ》す。

「ええ。窓からこんないい景色《けしき》を見《み》られて、美味《おい》しい日本酒《にほんしゅ》とおつまみの出《で》る飲《の》み屋《や》さんなんて、日本中《にほんじゅう》のどこにもないはずですよ」

その時《とき》、天井《てんじょう》から車内放送《しゃないほうそう》が聞《き》こえる。

《本日《ほんじつ》は越乃《こしの》Ｓｈｕ《シュ》＊Ｋｕ《ク》ｒａ《ラ》をご利用《りよう》いただき、まことにありがとうございます。春《はる》は音楽《おんがく》をじっくり楽《たの》しむのに最適《さいてき》な季節《きせつ》でございます。ただいまより2号車《ごうしゃ》におきまして、

ジャズの生演奏《なまえんそう》を行《おこな》いますので、みなさま、ぜひお越《こ》しくださいませ》

天井《てんじょう》にあるスピーカーを見《み》あげていた七海《ななみ》ちゃんが、振《ふ》り向《む》いてニカッと笑《わら》った。

「ねぇ、ジャズの生演奏《なまえんそう》だって！」

そう言《い》われても……、僕《ぼく》と未来《みらい》はポカーンとなるだけ。

『じゃず？』

「アメリカ南部《なんぶ》発祥《はっしょう》のノリのいい、とてもリズミカルな音楽《おんがく》のことですよ」

大樹《たいき》がさらりと説明《せつめい》する。

「んー、楽器《がっき》の演奏《えんそう》とかあまり好《す》きじゃないんだよなぁ」

僕《ぼく》は首《くび》の後《うし》ろに手《て》を組《く》んだ。

学校《がっこう》の音楽《おんがく》の時間《じかん》にモーツァルトだとか、ベートーベンを聴《き》かされたりすると、僕《ぼく》はちょっと眠《ねむ》くなったりしちゃうんだよね。

「ええっ!?　そうなの？　……私《わたし》は音楽《おんがく》ならなんでも好《す》きなのに」

七海《ななみ》ちゃんの眉《まゆ》が八の字《じ》になった。

「ジャズってのも、七海《ななみ》ちゃんは好《す》きなんだ？」

「うん、楽《たの》しい音楽《おんがく》だよ。パパとママが大好《だいす》きで、家《いえ》でよく聴《き》いているから。一度《いちど》聴《き》いたら、雄太君《ゆうたくん》もきっと気《き》に入《い》ると思《おも》うんだけどっ！」

七海《ななみ》ちゃんは、両腕《りょううで》を胸《むね》の前《まえ》にそろえて体《からだ》を揺《ゆ》らす。

「本当《ほんとう》にぃ〜？」

僕《ぼく》は半信半疑《はんしんはんぎ》で聞《き》き返《かえ》す。

しばらくすると、車両《しゃりょう》の真《ま》ん中辺《なかあた》りの少《すこ》し広《ひろ》いスペースにピシッと黒《くろ》いスーツを着《き》た、おじさんとお兄《にい》さんとお姉《ねえ》さんが一人《ひとり》ずつやってきた。

一番右《いちばんみぎ》のおじさんはトランペットを持《も》ち、真《ま》ん中《なか》のお姉《ねえ》さんはキーボード、左《ひだり》のお兄《にい》さんはギターを抱《かか》えて椅子《いす》に座《すわ》った。

三人《にん》を囲《かこ》むようにお客《きゃく》さんが集《あつ》まってくる。

やがて演奏《えんそう》が始《はじ》まった。

ファファファ　ファ〜ファファ♪　ファファファファ　ファ〜ファファ……。

車内《しゃない》に音《おと》が響《ひび》き渡《わた》る。

ズジャ！　ズジャ！

まるで体《からだ》に音楽《おんがく》が当《あ》たってくるような、パンチの効《き》いたサウンドだった。

「あれ……これ聴《き》いたことあるぞ」

思《おも》わずふっと口《くち》に出《で》た。

「でしょ～」

七海《ななみ》ちゃんが、僕《ぼく》の顔《かお》をうれしそうにのぞきこむ。

どこで聴《き》いたんだろ。

もしかしたら、レストラン？　そこでBG《ビージー》M《エム》として流《なが》れていた？

お客《きゃく》さんが体《からだ》で軽《かる》くリズムを取《と》りながら、音楽《おんがく》に合《あ》わせて手拍子《てびょうし》を打《う》ちはじめる。

僕《ぼく》も手拍子《てびょうし》をしながら、演奏《えんそう》している三人《にん》の後《うし》ろの窓《まど》に流《なが》れる風景《ふうけい》を見《み》つめた。

「なんか不思議《ふしぎ》だなぁ」

「どうしたの？　雄太君《ゆうたくん》」

「この音楽《おんがく》を聴《き》いていると、車窓《しゃそう》の風景《ふうけい》がちょっと別《べつ》のものに見《み》えてくる感《かん》じがするんだ」

「あ～なんかわかる。ジャズが流《なが》れていると、まるで外《そと》の風景《ふうけい》がアメリカのカントリーみたいに感《かん》じるよね」

　思《おも》わず僕《ぼく》は、七海《ななみ》ちゃんに右手《みぎて》の人差《ひとさ》し指《ゆび》を向《む》けた。

「そう、そういう感《かん》じ！」

「電車《でんしゃ》でこんな生演奏《なまえんそう》を聴《き》くのもいいねっ！」

　未来《みらい》もすっかりノリノリで、大《おお》きく左右《さゆう》に体《からだ》を揺《ゆ》らしながら、リズミカルに手《て》をたたいていた。

父《とう》さんや母《かあ》さんの時代《じだい》の曲《きょく》もあれば、僕《ぼく》らが大好《だいす》きなアニメのオープニング曲《きょく》もあって、すごく楽《たの》しい。

ちょっと僕《ぼく》の音楽《おんがく》に対《たい》する気持《きも》ちが変《か》わる。音楽《おんがく》プレイヤーで聴《き》くのと生《なま》の演奏《えんそう》は全然《ぜんぜん》違《ちが》うね。

「こういう音楽《おんがく》、いいね」

「よかった。雄太君《ゆうたくん》がジャズを気《き》に入《い》ってくれたみたいで」

七海《ななみ》ちゃんは微笑《ほほえ》む。

約二十分間《やくにじゅっぷんかん》にわたって演奏《えんそう》は続《つづ》いた。

すべての演奏《えんそう》が終《お》わると、列車全体《れっしゃぜんたい》に響《ひび》きわたるような大拍手《だいはくしゅ》。

「ありがと!!」「ブラボー!!」なんて大声《おおごえ》をあげたり、指笛《ゆびぶえ》を鳴《な》らしたりして声援《せいえん》を送《おく》る人《ひと》もいた。

「生演奏《なまえんそう》よかったー!! 私《わたし》、好《す》きだわ、こういうの」

未来《みらい》は頬《ほお》を紅潮《こうちょう》させている。

「うん。電車《でんしゃ》で聴《き》くと、さらにいいよね!」

自分《じぶん》でも意外《いがい》なくらい、僕《ぼく》も感動《かんどう》していた。

「越乃《こしの》Ｓｈｕ＊Ｋｕｒａ《シュクラ》は走《はし》る飲《の》み屋《や》さんじゃなくて、『走《はし》るステージ』だったね」

胸《むね》を右手《みぎて》で押《お》さえて、七海《ななみ》ちゃんも満足《まんぞく》そうに深呼吸《しんこきゅう》。

目《め》を閉《と》じてハミングしている大樹《たいき》は、頭《あたま》の中《なか》で演奏《えんそう》を思《おも》い出《だ》しているようだった。

大興奮《だいこうふん》の生演奏《なまえんそう》が終《お》わると、終点《しゅうてん》の十日町《とおかまち》はもうすぐだった。

《本日《ほんじつ》は新潟《にいがた》の酒《さけ》、食《しょく》、文化《ぶんか》をお楽《たの》しみいただけましたでしょうか？　新潟《にいがた》は季節《きせつ》ごとに違《ちが》った魅力《みりょく》があります。越乃《こしの》Ｓｈｕ＊Ｋｕｒａ《シュクラ》も、さまざまなお酒《さけ》やイベントをご用意《ようい》して、みなさまのまたのご乗車《じょうしゃ》をお待《ま》ちしております》

そんなていねいなアテンダントさんの車内放送《しゃないほうそう》を聞《き》きながら、僕《ぼく》らは指定席《していせき》の３号車《ごうしゃ》をちょっとだけ見《み》てから、１号車《ごうしゃ》の自分《じぶん》たちの席《せき》へ戻《もど》って荷物《にもつ》やゴミをちゃんとまとめた。

やがて列車《れっしゃ》は、ツィインとレールと車輪《しゃりん》の当《あ》たる音《おと》を響《ひび》かせて駅構内《えきこうない》へと入《はい》っていく。

十日町《とおかまち》は、単式《たんしき》ホームと島式《しましき》ホームが一《ひと》つずつある二面三線《にめんさんせん》の小《ちい》さな駅《えき》。

各《かく》ホームには歩道橋式《ほどうきょうしき》の跨線橋《こせんきょう》があって、改札口《かいさつぐち》へと続《つづ》いているのが見《み》える。

未来《みらい》が窓《まど》にピタンと顔《かお》を付《つ》けて、ホームを指差《ゆびさ》す。

「雄太《ゆうた》、あれ、あれ！」

列車《れっしゃ》が到着《とうちゃく》する2番線《ばんせん》のホームでは、駅員《えきいん》さんたちが手《て》を振《ふ》って出迎《でむか》えてくれていた。

『こんにちは〜!!』

僕《ぼく》らも車内《しゃない》から手《て》を振《ふ》って応《こた》える。

こういうことに出会《であ》うと、やっぱりうれしいよね。

キハ40形《がた》はキィイィンと、派手《はで》にブレーキ音《おん》を鳴《な》らしながら停車《ていしゃ》する。

車内《しゃない》のお客《きゃく》さんは、なごりおしそうな顔《かお》をしながら席《せき》をゆっくりと立《た》つ。

僕《ぼく》らも同《おな》じ気分《きぶん》で、十日町《とおかまち》のホームに降《お》りた。

「くううううう」

背伸《せの》びをしながらお腹《なか》いっぱいに空気《くうき》を吸《す》いこむ。

三月《がつ》の新潟《にいがた》の空気《くうき》は冷凍庫《れいとうこ》の中《なか》みたいに冷《つめ》たく、深呼吸《しんこきゅう》をすると背筋《せすじ》がピンと伸《の》びて、目《め》がパチッと覚《さ》めちゃう。

「ここからはどこへ行《い》けばいいのかな？」

「遠藤《えんどう》さんの封筒《ふうとう》は、もうないしねぇ……」

おでこに右手《みぎて》を当《あ》てながら、未来《みらい》は改札口《かいさつぐち》へと向《む》かうお客《きゃく》さんの列《れつ》を見《み》つめる。

「……誰《だれ》かが新《あたら》しい封筒《ふうとう》を渡《わた》してくれるような雰囲気《ふんいき》もないよねぇ～」

「あれ？　大樹《たいき》は？」

一緒《いっしょ》に降《お》りたはずなのに、気《き》づいたら姿《すがた》が見《み》えない。

「あ、あそこにいるよ～」

くるりと辺《あた》りを見回《みまわ》した七海《ななみ》ちゃんが、２号車《ごうしゃ》の入口《いりぐち》を指《さ》す。

大樹《たいき》は２号車《ごうしゃ》から降《お》りてきたアテンダントさんをつかまえて、あれこれと聞《き》きこみをやっていた。

数分間《すうふんかん》、いろいろな質問《しつもん》をして納得《なっとく》したらしい大樹《たいき》は、ていねいに頭《あたま》を下《さ》げると、タタッと走《はし》って僕《ぼく》らのところへやってきた。

「どうだった大樹君《たいきくん》。なにかおもしろいことを聞《き》けた？」

未来《みらい》が聞《き》くと、大樹《たいき》はうれしそうに笑《わら》う。

「ええ、いろいろとお話《はなし》を聞《き》かせてもらいましたよ。この越乃《こしの》Ｓｈｕ《シュ》＊Ｋｕｒａ《クラ》はすごく刺激《しげき》になりました」

「どんな話《はなし》をアテンダントさんから聞《き》いたの？」

「僕《ぼく》たちは、鉄道《てつどう》が大好《だいす》きだから、この列車《れっしゃ》が本当《ほんとう》に楽《たの》しかったけれど、鉄道《てつどう》に興味《きょうみ》があまりない人《ひと》もいるはずですよね。日本酒《にほんしゅ》が好《す》きな人《ひと》なら、この越乃《こしの》Ｓｈｕ＊Ｋｕｒａ《シュクラ》はものすごく魅力《みりょく》があるってわかります。でもお酒《さけ》を飲《の》めない人《ひと》だっているはず。そういう人《ひと》はどうこの列車《れっしゃ》を楽《たの》しんでいるのか？　それが気《き》になったんです。だから『お酒《さけ》を飲《の》めないお客《きゃく》さんはなにをして過《す》ごされていますか？』って聞《き》いたら、『果汁《かじゅう》のソーダ割《わ》りや雪国《ゆきぐに》ドーナツセットを食《た》べて、ジャズの生演奏《なまえんそう》も楽《たの》しんでいらっしゃいますよ』っていうことでした」

「雪国《ゆきぐに》ドーナツ!?　え、どんなドーナツなの？」

未来《みらい》が勢《いきお》いこんでたずねる。

「手作《てづく》りのしっとりしたドーナツだそうです。雪室《ゆきむろ》ジェラートも人気《にんき》があると言《い》っていました」

「ええっ、食《た》べてみたかったなぁ～」

残念《ざんねん》そうな声《こえ》をあげて、未来《みらい》は肩《かた》をすくめた。

「それに僕《ぼく》らは長岡《ながおか》から乗車《じょうしゃ》したので見《み》られませんでしたが、直江津《なおえつ》から柏崎《かしわざき》までは海沿《うみぞ》いの信越本線《しんえつほんせん》を走《はし》るので、景色《けしき》がとってもきれいだそうです」

「それも見《み》たかったなぁ〜」

未来《みらい》がプゥと口《くち》をとがらせた時《とき》だった。

「アッハハハ。すまんすまん」

と、後《うし》ろから大《おお》きな声《こえ》がした。

聞《き》き覚《おぼ》えがあるその声《こえ》……。


『え────っ!?』


みんなでいっせいに振《ふ》り返《かえ》る。

すぐ後《うし》ろに、ニコニコ笑顔《えがお》の遠藤《えんどう》さんと佐川《さがわ》さんが立《た》っていた。

「どっ、どうしてここに遠藤《えんどう》さんがいるの〜!?」

七海《ななみ》ちゃんはまばたきを繰《く》り返《かえ》している。驚《おどろ》いているのは七海《ななみ》ちゃんだけじゃない。

だって、遠藤《えんどう》さんとは東京駅《とうきょうえき》で別《わか》れたのだから……。

「さて、どうしてだろうねぇ～」

遠藤《えんどう》さんは、もう完全《かんぜん》にいたずらっ子《こ》のような顔《かお》。

だが、未来《みらい》はニヤリと笑《わら》って、右手《みぎて》の人差《ひとさ》し指《ゆび》をぴっと上《うえ》に向《む》ける。

「わかりましたっ！　東京《とうきょう》からずっと、私《わたし》たちの後《うし》ろをついてきていたんですね！」

すると、遠藤《えんどう》さんは「残念《ざんねん》～」と言《い》わんばかりに首《くび》を横《よこ》に振《ふ》る。

「未来《みらい》ちゃん、遠藤《えんどう》さんと佐川《さがわ》さんは、東京駅《とうきょうえき》で私《わたし》たちの乗《の》ったＭａｘ《マックス》とき３０３号《ごう》を、ホームで見送《みおく》ってくれたでしょ？」

七海《ななみ》ちゃんにそう言《い》われて、未来《みらい》は「あれ～？」と首《くび》をかしげる。

「僕《ぼく》らの新幹線《しんかんせん》を見送《みおく》ったあと、鉄道《てつどう》トリックを使《つか》って先回《さきまわ》りしたんでしょ！」

「おぉ～さすが雄太君《ゆうたくん》。まぁそういうことさ」

遠藤《えんどう》さんがうれしそうに、僕《ぼく》にウインクする。

「鉄道《てつどう》トリック!?」

未来《みらい》が僕《ぼく》の顔《かお》を見《み》つめた。

「そういうことなんだ、未来《みらい》ちゃん」

遠藤《えんどう》さんが余裕《よゆう》たっぷりにうなずいた。

僕《ぼく》と大樹《たいき》の目《め》が合《あ》った。

このトリックを解《と》いてみせる！

大樹《たいき》の顔《かお》がそう言《い》っている。僕《ぼく》も同《おな》じ気持《きも》ちだ。

二人同時《ふたりどうじ》に、無言《むごん》でうなずきあう。

大樹《たいき》は、右手《みぎて》でメガネのサイドフレームを押《お》さえ、遠藤《えんどう》さんを見《み》た。

「つまり、僕《ぼく》らにトリックを解《と》けってことですね」

「そういうこと。さて、次《つぎ》の列車《れっしゃ》まで約《やく》三時間《じかん》あるから、温《あたた》かい飲《の》み物《もの》とケーキでも食《た》べながら考《かんが》えてくれるかな？」

『わかりました！』

僕《ぼく》らは全員《ぜんいん》、満面《まんめん》の笑顔《えがお》で答《こた》える。

おもしろくなってきたぞ！

僕《ぼく》と大樹《たいき》はこぶしをぎゅっと握《にぎ》りしめた。

8 遠藤《えんどう》さんの鉄道《てつどう》トリック

駅員《えきいん》さんがきっぷを受《う》け取《と》ってくれる手動改札《しゅどうかいさつ》を通《とお》って、僕《ぼく》らは十日町駅前《とおかまちえきまえ》に出《で》た。

ロータリーから続《つづ》く駅前通《えきまえどお》りには、左右《さゆう》に幅《はば》の広《ひろ》い歩道《ほどう》があり、その頭上《ずじょう》には冬《ふゆ》の雪避《ゆきよ》け用《よう》の屋根《やね》が、ずっと遠《とお》くまで続《つづ》いている。

そんな商店街《しょうてんがい》をしばらく歩《ある》いて交差点《こうさてん》を右《みぎ》へ曲《ま》がると、ショーケースの中《なか》にケーキがたくさん並《なら》んだお店《みせ》が右側《みぎがわ》にあった。

パッと見《み》、普通《ふつう》のケーキ屋《や》さんだったのに、お店《みせ》の奥《おく》には、西部劇《せいぶげき》に出《で》てくるような左《さ》右《ゆう》に開《ひら》くスイングドアがあって、喫茶室《きっさしつ》が広《ひろ》がっていた。

長《なが》いカウンターには、理科《りか》の実験《じっけん》で使《つか》うようなガラス製《せい》のコーヒーメーカーがずらっと置《お》かれていて、コーヒーの香《かお》りが漂《ただよ》っている。これは、サイフォンっていうんだって。

僕《ぼく》らは、四人席《よにんせき》のテーブル二《ふた》つに分《わ》かれて座《すわ》る。

一《ひと》つには僕《ぼく》らT3《ティースリー》、もう一《ひと》つのテーブルには遠藤《えんどう》さんと佐川《さがわ》さん。

ちなみに遠藤《えんどう》さんと佐川《さがわ》さんはちょっと顔《かお》が赤《あか》い。

なんと、越乃《こしの》Ｓｈｕ《シュ》＊Ｋｕｒａ《クラ》で、新潟《にいがた》でお酒《さけ》を造《つく》っている会社《かいしゃ》の人《ひと》たちと出会《であ》って意《い》気投合《きとうごう》。お酒《さけ》をだいぶ飲《の》んだんだって。

「列車《れっしゃ》で、試《ため》し飲《の》みをさせてもらいながら、酒蔵《さかぐら》の人《ひと》から、酒造《さけづく》りにまつわる貴重《きちょう》な話《はなし》が聞《き》けたなんて、最高《さいこう》でしたね」

「本当《ほんとう》に。楽《たの》しかったわぁ。お土産《みやげ》まで、こんなにいただいちゃって」

お酒《さけ》のいっぱい入《はい》った土産袋《みやげぶくろ》をぶら下《さ》げながら、道々《みちみち》、ご機嫌《きげん》で二人《ふたり》は話《はな》していたんだ。

「どのケーキがいいかしら。未来《みらい》ちゃんはなんにする？」

「どうしようかなぁ。……うん。チーズケーキに決《き》めたっ」

「私《わたし》は……いちごのタルトにしようっと！」

女子二人《じょしふたり》はケーキ選《えら》びで盛《も》りあがっている。

僕《ぼく》はモンブラン、大樹《たいき》はティラミスを選《えら》んだ。

ケーキと飲《の》み物《もの》を味《あじ》わいながら、僕《ぼく》らは緊急《きんきゅう》ミーティング「遠藤《えんどう》さんの鉄道《てつどう》トリックを暴《あば》け！」をスタートさせた。

「よしっ、まずは取《と》り調《しら》べだ。では、遠藤君《えんどうくん》、話《はなし》を聞《き》かせてもらおうか」

いきなり、未来《みらい》が言《い》い放《はな》つ。

「えっ、遠藤君《えんどうくん》!?　とっ、取《と》り調《しら》べ!?」

遠藤《えんどう》さんがぽかんと口《くち》を開《あ》けて、人差《ひとさ》し指《ゆび》で自分《じぶん》の鼻《はな》の頭《あたま》を指差《ゆびさ》す。

突然《とつぜん》の展開《てんかい》に遠藤《えんどう》さんは驚《おどろ》いているが、僕《ぼく》たちは「出《で》たぁ〜!!　未来刑事《みらいけいじ》！」って感《かん》じ。

未来《みらい》は刑事《けいじ》ドラマが大好《だいす》きで、「推理《すいり》」という言葉《ことば》にすぐに反応《はんのう》する。一瞬《いっしゅん》にして、態度《たいど》も言葉《ことば》づかいもドラマに出《で》ている刑事《けいじ》みたいになってしまうんだ。

遠藤《えんどう》さんのことを「君《くん》づけ」で呼《よ》んじゃったりするのは、そういうわけ。

でも、それは未来《みらい》だけじゃない。

「遠藤君《えんどうくん》は『越乃《こしの》Ｓｈｕ《シユ》＊Ｋｕｒａ《クラ》』に乗《の》ってきたんですね？」

七海《ななみ》ちゃんもあっという間《ま》に、未来《みらい》の同僚《どうりょう》の女刑事《おんなけいじ》に変身《へんしん》だ。

意外《いがい》なことに、大樹《たいき》もこういう展開《てんかい》がいやじゃないようで……僕《ぼく》以外《いがい》のＴ３《ティースリー》のメンバー

はすぐにノリノリになってしまう。

「あっ、あぁ……そうだよ。私《わたし》たちは、T3《ティースリー》のみんなが長岡《ながおか》で乗《の》りこんでくるのを見《み》たからね」

迫真《はくしん》の演技《えんぎ》の未来《みらい》と七海《ななみ》ちゃんの雰囲気《ふんいき》に飲《の》みこまれた遠藤《えんどう》さんは、いつの間《ま》にか犯人《はんにん》役《やく》にハマってる。

そんな遠藤《えんどう》さんを、佐川《さがわ》さんはクスクス笑《わら》いながら見《み》つめていた。

七海《ななみ》ちゃんと未来《みらい》は顔《かお》を見合《みあ》わせ、首《くび》を横《よこ》に振《ふ》る。

「長岡《ながおか》で我々《われわれ》T3《ティースリー》を見《み》た？　そんなウソは通《つう》用《よう》しませんよ、遠藤君《えんどうくん》」

「七海刑事《ななみけいじ》の言《い》うとおりだ。だって、私《わたし》たちはお二人《ふたり》を見《み》ていない！」

遠藤《えんどう》さんは、両手《りょうて》を前《まえ》に出《だ》して左右《さゆう》に振《ふ》る。

「いやいやいやいや、見《み》たよ、私《わたし》は見《み》たって！」

「その証拠《しょうこ》は？」

未来《みらい》が遠藤《えんどう》さんに詰《つ》めよる。

「証拠《しょうこ》って……あ、雄太君《ゆうたくん》が長岡《ながおか》のスイッチバックを予測《よそく》したよね。そのあと、みんなで駅弁《えきべん》を食《た》べてから、２号車《ごうしゃ》へジャズを聴《き》きに行《い》ったろう？」

「そのとおりだ。だがそれは、現場《げんば》にいなくても、十分《じゅうぶん》予測《よそく》できることでは？」

目《め》を細《ほそ》めて、腕《うで》を組《く》む未来《みらい》。

その追及《ついきゅう》ぶりは刑事《けいじ》ドラマより厳《きび》しいかも。

遠藤《えんどう》さんは「えっ……えぇ？」と一瞬《いっしゅん》ひるんだが、ポンと手《て》を打《う》つときっぱりと言《い》う。

「雄太君《ゆうたくん》と未来《みらい》ちゃんは『特製牛《とくせいぎゅう》めし』、大樹君《たいきくん》と七海《ななみ》ちゃんは『越路弁当《こしじべんとう》』だったよね？」

持《も》ち前《まえ》の『駅弁鉄《えきべんてつ》』パワー、炸裂《さくれつ》だ！

未来《みらい》はあごに手《て》をやって、真剣《しんけん》な表情《ひょうじょう》でふむふむとつぶやく。

「確《たし》かにそうだ。これは我々《われわれ》が駅弁《えきべん》を食《た》べる姿《すがた》を見《み》ていなければ、わからないことだなぁ。つまり遠藤君《えんどうくん》には『越乃《こしの》Ｓｈｕ《シュ》＊Ｋｕｒａ《クラ》に乗《の》っていた』というアリバイがあるってことだな」

未来《みらい》はそれから、大樹《たいき》が見《み》つめていた時刻表《じこくひょう》の路線図《ろせんず》に目《め》を落《お》とす。

「だが……二人《ふたり》が我々《われわれ》に追《お》いつくのは、そんな難《むずか》しいことじゃないな」

「どうして？」

妙《みょう》に落《お》ち着《つ》いている未来《みらい》に、僕《ぼく》は聞《き》く。

「考《かんが》えてもみたまえ。我々《われわれ》は長岡《ながおか》で電車《でんしゃ》を三時間《じかん》、待《ま》っていたじゃないか」

「あぁ、長岡市役所《ながおかしやくしょ》とかを見《み》ていた時《とき》ですね」

七海《ななみ》ちゃんが、思《おも》い出《だ》したように答《こた》える。

「そう。あの空白《くうはく》の時間《じかん》だ。二人《ふたり》はきっと、我々《われわれ》を見送《みおく》ったあと、東京駅《とうきょうえき》から出発《しゅっぱつ》する次《つぎ》の上越新幹線《じょうえつしんかんせん》に乗《の》って長岡《ながおか》へやってきたに違《ちが》いない。そして我々《われわれ》のあとをつけて、越乃《こしの》Ｓｈｕ《シュ》＊Ｋｕｒａ《クラ》へ乗《の》りこんで、ここ十日町《とおかまち》までやってきたのだ」

フンッと鼻《はな》から息《いき》を吐《は》いた未来《みらい》は自信満々《じしんまんまん》。

「ありえます……。最悪《さいあく》、東京《とうきょう》を9時《じ》28分《ぷん》に出発《しゅっぱつ》する『Max《マックス》とき313号《ごう》』に乗《の》れば、長岡《ながおか》に11時《じ》11分《ぷん》には到着《とうちゃく》しますから」

大樹《たいき》が時刻表《じこくひょう》から顔《かお》を上《あ》げて答《こた》える。

「それだ、それに違《ちが》いない。9時《じ》28分発《ぷんはつ》といえば、我々《われわれ》が出発《しゅっぱつ》してから約《やく》二時間半後《じかんはんご》。それで十分《じゅうぶん》に間《ま》に合《あ》うんだから、話《はなし》は簡単《かんたん》だ」

勝《か》ちほこった顔《かお》で未来《みらい》は遠藤《えんどう》さんを見《み》た。

だが、遠藤《えんどう》さんは口笛《くちぶえ》でも吹《ふ》きだしそうな涼《すず》しげな顔《かお》。

「それがみんなの答《こた》えでいいんだね？」

遠藤《えんどう》さんがニヤニヤしながら僕《ぼく》らの顔《かお》を見《み》まわした。

おかしい。絶対《ぜったい》おかしい。なんでそんなに

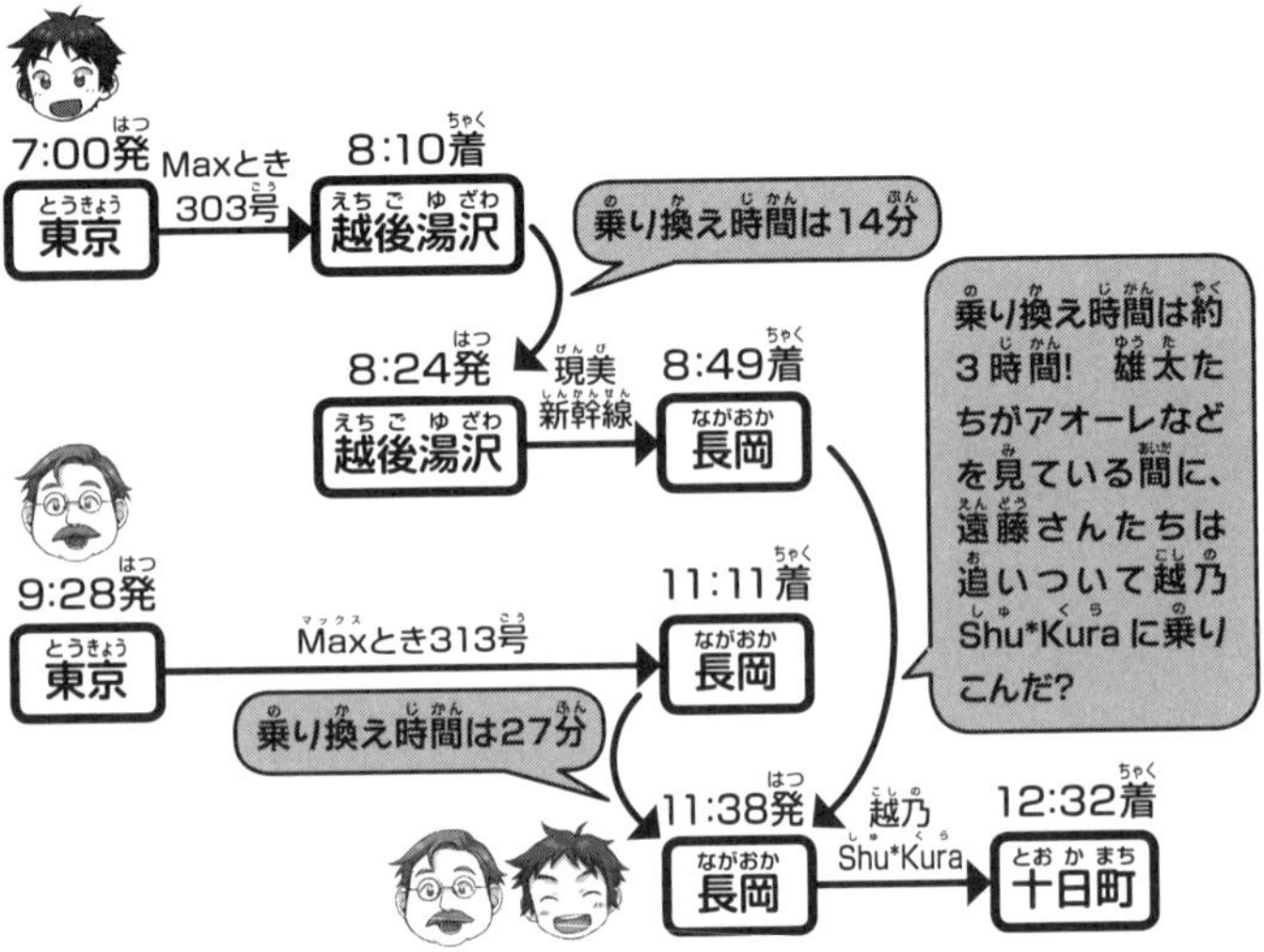

余裕《よゆう》たっぷりなんだろう。

もう一度《いちど》、最初《さいしょ》から考《かんが》えてみようと思《おも》った。

僕《ぼく》たちのあとに、遠藤《えんどう》さんたちが長岡《ながおか》で越乃《こしの》Ｓｈｕ《シュ》＊Ｋｕｒａ《クラ》に乗《の》りこむってことは……。

その瞬間《しゅんかん》、僕《ぼく》の頭《あたま》にある光景《こうけい》がよみがえった。

「あっ」

思《おも》わず、声《こえ》がもれ出《で》た。

みんなが僕《ぼく》の顔《かお》を見《み》る。僕《ぼく》は手《て》を前《まえ》に突《つ》き出《だ》した。

「ちょっと、待《ま》って。みんな！」

「どうしたっていうんだい？　雄太君《ゆうたくん》」

まだ刑事《けいじ》のままで、未来《みらい》が僕《ぼく》の顔《かお》をのぞきこむ。

「二人《ふたり》は、僕《ぼく》らのあとから越乃《こしの》Ｓｈｕ《シュ》＊Ｋｕｒａ《クラ》に乗《の》ったんじゃない。僕《ぼく》らより先《さき》に乗《の》りこんでいたと思《おも》うんだ」

僕《ぼく》の言葉《ことば》を聞《き》いた遠藤《えんどう》さんと佐川《さがわ》さんは、顔《かお》を見合《みあ》わせてニヤッと笑《わら》う。

未来《みらい》はふぅ〜〜と息《いき》を吐《は》き、右《みぎ》の人差《ひとさ》し指《ゆび》でぽんぽんと頰《ほお》をたたく。

「それがどうかしたのかい？　まぁ、そんなこともできるはずだ。長岡《ながおか》で我々《われわれ》より早《はや》く越《こし》乃《の》Shu《シュ》＊Kura《クラ》に乗《の》るくらい……」

未来《みらい》は僕《ぼく》が言《い》っている意味《いみ》がよくわかっていないらしい。

その時《とき》、七海《ななみ》ちゃんがはっと顔《かお》を上《あ》げた。

「未来刑事《みらいけいじ》、……遠藤君《えんどうくん》たちは、長岡《ながおか》で我々《われわれ》より早《はや》く越乃《こしの》Shu《シュ》＊Kura《クラ》に乗《の》ることはできなかったと思《おも》われます」

「できなかった？　どうして!?」

「だって、私《わたし》たちは1号車《ごうしゃ》の停車位置《ていしゃいち》の先頭《せんとう》に立《た》って越乃《こしの》Shu《シュ》＊Kura《クラ》が入線《にゅうせん》するのを待《ま》っていたんですよ」

七海《ななみ》ちゃんがきっぱり言《い》った。

「あ――っ、そうだったぁ――!!」

未来《みらい》の刑事《けいじ》キャラが一挙《いっきょ》に崩壊《ほうかい》した。

「ってことは、やっぱり、私《わたし》たちのあとに乗《の》ってきたってこと？」

だから、そうじゃないんだって。

僕《ぼく》は佐川《さがわ》さんと遠藤《えんどう》さんに向《む》き直《なお》った。

「長岡《ながおか》で僕《ぼく》らが車内《しゃない》へ入《はい》った時《とき》、二人《ふたり》は僕《ぼく》らの『らくらくボックスシート』のすぐ裏《うら》にあった、『展望《てんぼう》ペアシート』に座《すわ》っていたんじゃないですか？」

越乃《こしの》Ｓｈｕ《シュ》＊Ｋｕｒａ《クラ》に乗《の》った時《とき》、僕《ぼく》が「あれ？」と気《き》になった人影《ひとかげ》。それは、遠藤《えんどう》さんと佐川《さがわ》さんじゃないかと思《おも》ったんだ。

遠藤《えんどう》さんが、ははっと笑《わら》った。

「おっ、やっぱり雄太君《ゆうたくん》はよく見《み》ているねぇ」

佐川《さがわ》さんもクスッと微笑《ほほえ》む。

「すごい、雄太君《ゆうたくん》。確《たし》かに私《わたし》と遠藤《えんどう》さんは、みんなが長岡《ながおか》から乗《の》ってくる前《まえ》に、越乃《こしの》Ｓｈｕ《シュ》＊Ｋｕｒａ《クラ》に乗《の》っていました」

「ということはつまり――」

大樹《たいき》はパラパラと時刻表《じこくひょう》をめくりだす。

「お二人《ふたり》は僕《ぼく》らが出発《しゅっぱつ》したあと、東京駅《とうきょうえき》から発車《はっしゃ》する上越新幹線《じょうえつしんかんせん》で、長岡《ながおか》まで来《き》たわけではないということですね」

「はい。違《ちが》います」

「もしかして、上越新幹線《じょうえつしんかんせん》にも乗《の》っていない？」

「さすがね。そのとおり！　私《わたし》たちは上越新幹線《じょうえつしんかんせん》には乗《の》っていませ〜ん」

クイズ番組《ばんぐみ》の司会者《しかいしゃ》のように、佐川《さがわ》さんは右《みぎ》の人差《ひとさ》し指《ゆび》を立《た》ててみせる。

「え――――っ!?　じゃあ、どうやって追《お》いついたの!?　わかんないよぉ〜」

未来《みらい》は、お手上《てあ》げというように、肩《かた》をすくめて、口《くち》をとがらせた。

「もう、未来《みらい》はすぐにあきらめちゃうんだから……」

せっかく、おもしろくなってきたっていうのに。

七海《ななみ》ちゃんはふむと腕《うで》を組《く》む。

「つまり、[1]二人《ふたり》は上越新幹線《じょうえつしんかんせん》には乗《の》っていない。[2]長岡《ながおか》ではすでに越乃Shu*Kura《こしのシュクラ》に乗《の》っていた。……とすると、長岡《ながおか》より前《まえ》の駅《えき》から乗《の》ったってことになるよねぇ〜」

大樹《たいき》が時刻表《じこくひょう》に書《か》かれた駅名《えきめい》を読《よ》みあげる。

「長岡《ながおか》の前《まえ》は宮内《みやうち》、その前《まえ》は来迎寺《らいこうじ》、柏崎《かしわざき》、青海川《おうみがわ》……と続《つづ》きますね」

「青海川《おうみがわ》ってことは……信越本線《しんえつほんせん》かぁ」

僕《ぼく》は指《ゆび》を鳴《な》らした。

「雄太君《ゆうたくん》はその駅《えき》を知《し》っているの？」

七海《ななみ》ちゃんに向《む》かって僕《ぼく》はうなずく。

「父《とう》さんと青海川駅《おうみがわえき》で降《お》りたことがあるんだ。青海川《おうみがわ》は、日本海《にほんかい》のすぐ側《そば》にある、新潟県《にいがたけん》の駅《えき》なんだ。ホームからバーンと海《うみ》が見《み》えるんだよ！」

青海川駅《おうみがわえき》は、さくらちゃんと行《い》った鶴見線《つるみせん》の海芝浦駅《うみしばうらえき》などとともに、「日本一海《にほんいちうみ》に近《ちか》い駅《えき》」なんて言《い》われている。

海岸《かいがん》に沿《そ》って設置《せっち》されたホームからは、真《ま》っ青《さお》な日本海《にほんかい》がバーンと見《み》えるんだ。

すると、佐川《さがわ》さんがパチンと両手《りょうて》を合《あ》わせた。

「そうなの。青海川《おうみがわ》はとてもきれいな駅《えき》でしたよねぇ～遠藤《えんどう》さん！」

ミディアムボブの髪《かみ》を揺《ゆ》らしながら、遠藤《えんどう》さんの顔《かお》をのぞきこむ。

「えっ……あぁ……そうでしたね。アッハハ……」

遠藤《えんどう》さんは苦笑《にがわら》い。「そんなこと言《い》ったらトリックがバレちゃいますよ」とでもいうように、アワアワしている顔《かお》だ。

それはつまり、青海川《おうみがわ》にいたということが、とても重要《じゅうよう》なヒントってこと。

佐川《さがわ》さんは、遠藤《えんどう》さんがあせっていることに気《き》づいていないみたい。

「越乃《こしの》Ｓｈｕ《シュ》＊Ｋｕｒａ《クラ》は、10時《じ》44分《ぷん》に青海川《おうみがわ》に着《つ》いて、そこで六分間《ろっぷんかん》も停車《ていしゃ》してくれたの。だから、ゆっくりと日本海《にほんかい》を見《み》ることができたのよ」

佐川《さがわ》さんはタブレットパソコンを操作《そうさ》して、青海川《おうみがわ》で撮《と》った海《うみ》の画像《がぞう》を見《み》せてくれる。

青《あお》い海《うみ》がキラキラ光《ひか》っていた。

「いいなぁ〜。この風景《ふうけい》。私《わたし》も青海川《おうみがわ》で駅《えき》から見《み》える海《うみ》の写真《しゃしん》撮《と》りたかったなぁ〜」

もうすでにトリックを解《と》く気《き》のまったくない未来《みらい》は、刑事《けいじ》キャラにも戻《もど》らずに、タブレットをのぞきこんでため息《いき》をつく。

「今回《こんかい》は上《のぼ》り列車《れっしゃ》だったから青海川《おうみがわ》の朝《あさ》の風景《ふうけい》だったけど、夕方発《ゆうがたはつ》の下《くだ》り列車《れっしゃ》に乗《の》れば、日本海《にほんかい》へ沈《しず》むきれいな夕日《ゆうひ》が見《み》られるそうよ」

「そうなんだぁ～。それもいいなぁ」

七海《ななみ》ちゃんも、佐川《さがわ》さんの話《はなし》を楽《たの》しそうに聞《き》いている。

「いいわよねぇ～。私《わたし》はもう一度《いちど》、下《くだ》りの越乃《こしの》Ｓｈｕ＊Ｋｕｒａ《シュクラ》に乗《の》って、青海川《おうみがわ》で日本《にほん》海《かい》の夕日《ゆうひ》が見《み》てみたいわ」

「じゃあ、今度《こんど》は下《くだ》り列車《れっしゃ》に乗《の》りましょうか？」

遠藤《えんどう》さんがニコニコしながら言《い》う。

「ええ、ぜひ！」

佐川《さがわ》さんは微笑《ほほえ》んだ。

女子《じょし》二人《ふたり》と佐川《さがわ》さん、遠藤《えんどう》さんまでもが、すっかりくつろいだ表情《ひょうじょう》。

いやいや、まだトリックは解《と》けていないでしょ！

その時《とき》、時刻表《じこくひょう》とにらめっこしていた大樹《たいき》がポツリとつぶやいた。

「なるほど……そういうことか」

路線図《ろせんず》から目《め》を離《はな》し、メガネの真《ま》ん中《なか》にすっと右《みぎ》の人差《ひとさ》し指《ゆび》と中指《なかゆび》を当《あ》てる。

「もしかして……大樹君《たいきくん》には、私《わたし》の鉄道《てつどう》トリックがわかっちゃったかな？」

大樹《たいき》は遠藤《えんどう》さんに静《しず》かにうなずく。

「たぶん、これで間違《まちが》いないと思《おも》います」

「では、答《こた》えを披露《ひろう》してもらおうかな？」

遠藤《えんどう》さんがそう言《い》うと、みんなの目《め》がいっせいに大樹《たいき》に注《そそ》がれる。

大樹《たいき》はコホンと一回咳払《いっかいせきばら》いしてから口《くち》を開《ひら》いた。

「遠藤《えんどう》さんと佐川《さがわ》さんは『北陸新幹線《ほくりくしんかんせん》』に乗《の》ったんです」


『ほっ、北陸新幹線《ほくりくしんかんせん》!?』


僕《ぼく》と未来《みらい》と七海《ななみ》ちゃんの声《こえ》が重《かさ》なった。

「北陸新幹線《ほくりくしんかんせん》は金沢《かなざわ》へ向《む》かう新幹線《しんかんせん》じゃない。方向《ほうこう》がまったく違《ちが》ってない？」

七海《ななみ》ちゃんが、すっとんきょうな声《こえ》を出《だ》した。

「ええ、北陸新幹線《ほくりくしんかんせん》の行《い》き先《さき》は金沢《かなざわ》です。ですが……」

大樹《たいき》は時刻表《じこくひょう》の路線図《ろせんず》をテーブルの上《うえ》に広《ひろ》げた。

「越乃《こしの》Ｓｈｕ《シュ》＊Ｋｕ《ク》ｒａ《ラ》の停車駅《ていしゃえき》を、さらにさかのぼっていくと、青海川《おうみがわ》から潟町《かたまち》、直江津《なおえつ》、高田《たかだ》、そして、始発駅《しはつえき》は……」

大樹《たいき》は駅名《えきめい》を言《い》いながら、ゆっくりと右《みぎ》の人差《ひとさ》し指《ゆび》を動《うご》かし、最後《さいご》に一《ひと》つの駅《えき》で止《と》めた。

「上越妙高《じょうえつみょうこう》かっ！」

僕《ぼく》はテーブルに大《おお》きく上半身《じょうはんしん》を乗《の》り出《だ》す。

「上越妙高《じょうえつみょうこう》？」

未来《みらい》は、きょとんとした顔《かお》で繰《く》り返《かえ》した。

「上越妙高《じょうえつみょうこう》は北陸新幹線《ほくりくしんかんせん》の駅《えき》なんだよっ。高崎《たかさき》で上越新幹線《じょうえつしんかんせん》と分《わ》かれた北陸新幹線《ほくりくしんかんせん》は、軽井沢《かるいざわ》、上田《うえだ》、長野《ながの》、飯山《いいやま》を通《とお》って、上越妙高《じょうえつみょうこう》に到着《とうちゃく》するんだ」

時刻表《じこくひょう》の新幹線《しんかんせん》のページをめくりながら、大樹《たいき》が続《つづ》ける。

「僕《ぼく》らが乗《の》った7時《じ》発《はつ》の『Ｍａｘ《マックス》とき３０３号《ごう》』を東京駅《とうきょうえき》で見送《みおく》ったあと、遠藤《えんどう》さんたちは20番線《ばんせん》に移動《いどう》して、7時《じ》52分《ふん》の『はくたか５５３号《ごう》』に乗《の》りこんだんでしょう」

遠藤《えんどう》さんは、うれしそうにフムフムとうなずきながら聞《き》いている。

僕《ぼく》は時刻表《じこくひょう》のはくたか５５３号《ごう》の列《れつ》を、上越妙高《じょうえつみょうこう》と書《か》いてある場所《ばしょ》まで指《ゆび》でたどった。

「上越妙高《じょうえつみょうこう》着《ちゃく》は9時《じ》54分《ぷん》か」

「越乃《こしの》Shu*Kura《シュクラ》が上越妙高《じょうえつみょうこう》を出発《しゅっぱつ》するのは10時《じ》2分《ふん》ですから、余裕《よゆう》で間《ま》に合《あ》います。これでどうですか？　遠藤《えんどう》さん」

大樹《たいき》がすっと顔《かお》を上《あ》げると、遠藤《えんどう》さんと佐《さ》川《がわ》さんはパチパチと勢《いきお》いよく拍手《はくしゅ》した。

「さすが大樹君《たいきくん》。そのとおり、完璧《かんぺき》な解答《かいとう》だよ」

「驚《おどろ》いたわ。本当《ほんとう》にT3《ティースリー》のみんなって、すごいのね」

大樹《たいき》の頬《ほお》がほんのり赤《あか》く染《そ》まる。

「これは時刻表《じこくひょう》を読《よ》めばわかることですから……」

「時刻表《じこくひょう》を読《よ》むだけでわかるなんて、すごい

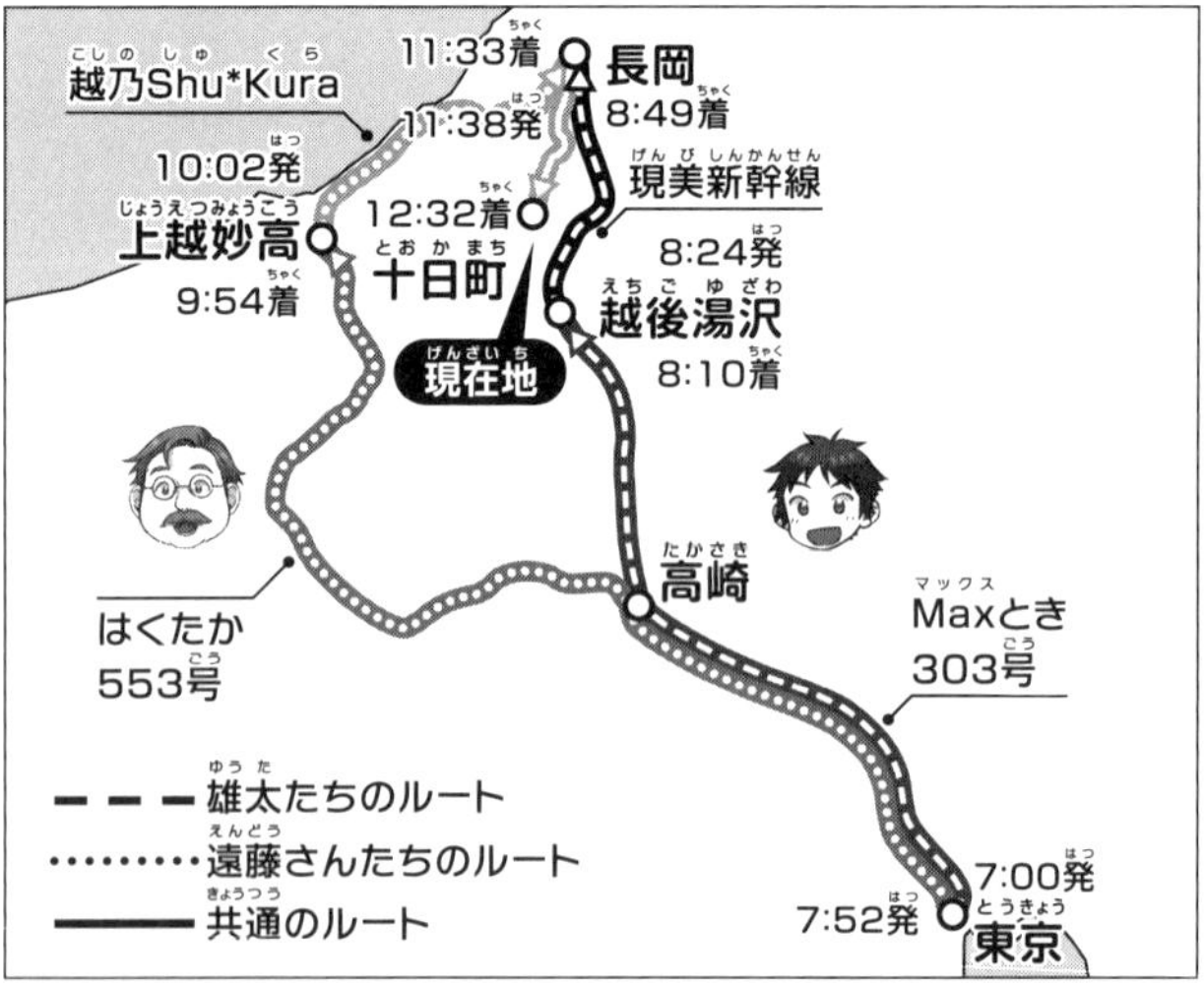

じゃない！」

佐川《さがわ》さんにほめられたのに、大樹《たいき》はなんだか浮《う》かない顔《かお》をしている。

「いえ、すごくなんかないんです。僕《ぼく》は、あまり旅行《りょこう》もしていないし、実際《じっさい》の電車《でんしゃ》や駅《えき》もほとんど見《み》ていない。……それがたぶん、今《いま》、僕《ぼく》に足《た》りないところなんだと思《おも》います」

「足《た》りないところ？」

「今《いま》、僕《ぼく》は車両《しゃりょう》デザインをしたいと思《おも》っているんですが、本《ほん》やネットで得《え》た知識《ちしき》ばかりで、実際《じっさい》に体験《たいけん》していないことが多《おお》いからなのか、あれこれ悩《なや》むばかりで……。お客《きゃく》さんにとっていい車両《しゃりょう》がどういうものなのか、よくわからなかったんです……」

「そういうことね……」

佐川《さがわ》さんは頰《ほお》に手《て》を当《あ》てて考《かんが》えこんだ。

「でも今回《こんかい》、さまざまな列車《れっしゃ》に乗《の》って、笑《わら》ったり驚《おどろ》いたりするお客《きゃく》さんの反応《はんのう》を実際《じっさい》に見《み》てみて……こういうことが、本当《ほんとう》に勉強《べんきょう》になるんだと思《おも》いました」

少《すこ》し落《お》ちこむ大樹《たいき》に佐川《さがわ》さんはニコリと微笑《ほほえ》む。

「それって、『欠《か》けている』とか『足《た》りない』ことじゃ、ないんじゃない？」

大樹《たいき》は「……えっ？」と驚《おどろ》いて、佐川《さがわ》さんを見《み》つめる。

「大樹君《たいきくん》は鉄道《てつどう》に関《かん》してすごい知識《ちしき》を持《も》っているんでしょ？　その素晴《すば》らしい知識《ちしき》の山《やま》に経験《けいけん》が、今《いま》この時《とき》も、どんどん『足《た》されている』ってことなんだから」

佐川《さがわ》さんはとてもやさしく大樹《たいき》に微笑《ほほえ》みかけた。

すると、大樹《たいき》の顔《かお》がふわぁと明《あか》るくなった。

「はい！　そうですね」

大樹《たいき》の声《こえ》に元気《げんき》が戻《もど》っていた。

そんな二人《ふたり》のやりとりを遠藤《えんどう》さんは微笑《ほほえ》ましそうにウンウンと何度《なんど》もうなずきながら見《み》つめていた。

9 列車内《れっしゃない》は演芸場《えんげいじょう》

僕《ぼく》らはケーキ屋《や》さんを14時半頃《じはんごろ》に出《で》て、十日町《とおかまち》の駅《えき》へと向《む》かう。

十日町《とおかまち》はローカル駅《えき》だから、ＪＲ《ジェイアール》の番線《ばんせん》は三《みっ》つくらいしかない。けれど、駅前通《えきまえどお》りと反《はん》対側《たいがわ》の西口《にしぐち》の高架《こうか》の上《うえ》は、北越急行《ほくえつきゅうこう》の駅《えき》になっている。

実《じつ》は十日町《とおかまち》は、ちょっとしたターミナル駅《えき》なんだ。

北越急行《ほくえつきゅうこう》ほくほく線《せん》は、越後湯沢《えちごゆざわ》〜直江津《なおえつ》間《かん》を結《むす》んでいる路線《ろせん》だ。北陸新幹線《ほくりくしんかんせん》が走《はし》る前《まえ》は、在来線《ざいらいせん》では最速《さいそく》の時速《じそく》１６０キロでぶっ飛《と》ばす特急《とっきゅう》『はくたか』が走《はし》っていて、越後《えちご》湯沢《ゆざわ》と金沢《かなざわ》を結《むす》ぶ、とっても重要《じゅうよう》な列車《れっしゃ》だった。

父《とう》さんと特急《とっきゅう》はくたかに乗《の》った時《とき》、トンネルと高架橋《こうかきょう》で作《つく》られた線路《せんろ》の上《うえ》を、ものすごいスピードで走《はし》っていて、とっても驚《おどろ》いた経験《けいけん》がある。

東京《とうきょう》から北陸方面《ほくりくほうめん》へ行《い》く場合《ばあい》は、上越新幹《じょうえつしんかん》線《せん》で越後湯沢《えちごゆざわ》まで行《い》き、特急《とっきゅう》はくたかに乗《の》り換《か》えるか、東海道新幹線《とうかいどうしんかんせん》で米原《まいばら》まで行《い》き、特急《とっきゅう》『しらさぎ』か『サンダーバード』を使《つか》うしかなかったんだけど、北陸新幹線《ほくりくしんかんせん》が開業《かいぎょう》したので、特急《とっきゅう》はくたかは廃止《はいし》になってしまったんだ。

でも、ほくほく線《せん》には、他《ほか》にもおもしろい列車《れっしゃ》がある。たとえば『ゆめぞら』は、真《ま》っ暗《くら》な長《なが》いトンネル区間《くかん》に入《はい》ると、列車《れっしゃ》の天井《てんじょう》を巨大《きょだい》スクリーンに見立《みた》てて、海中《かいちゅう》や宇宙《うちゅう》なんかのコンピュータグラフィックスを上映《じょうえい》するんだよ。

十日町《とおかまち》の駅周辺《えきしゅうへん》を歩《ある》きまわった僕《ぼく》らは、

15

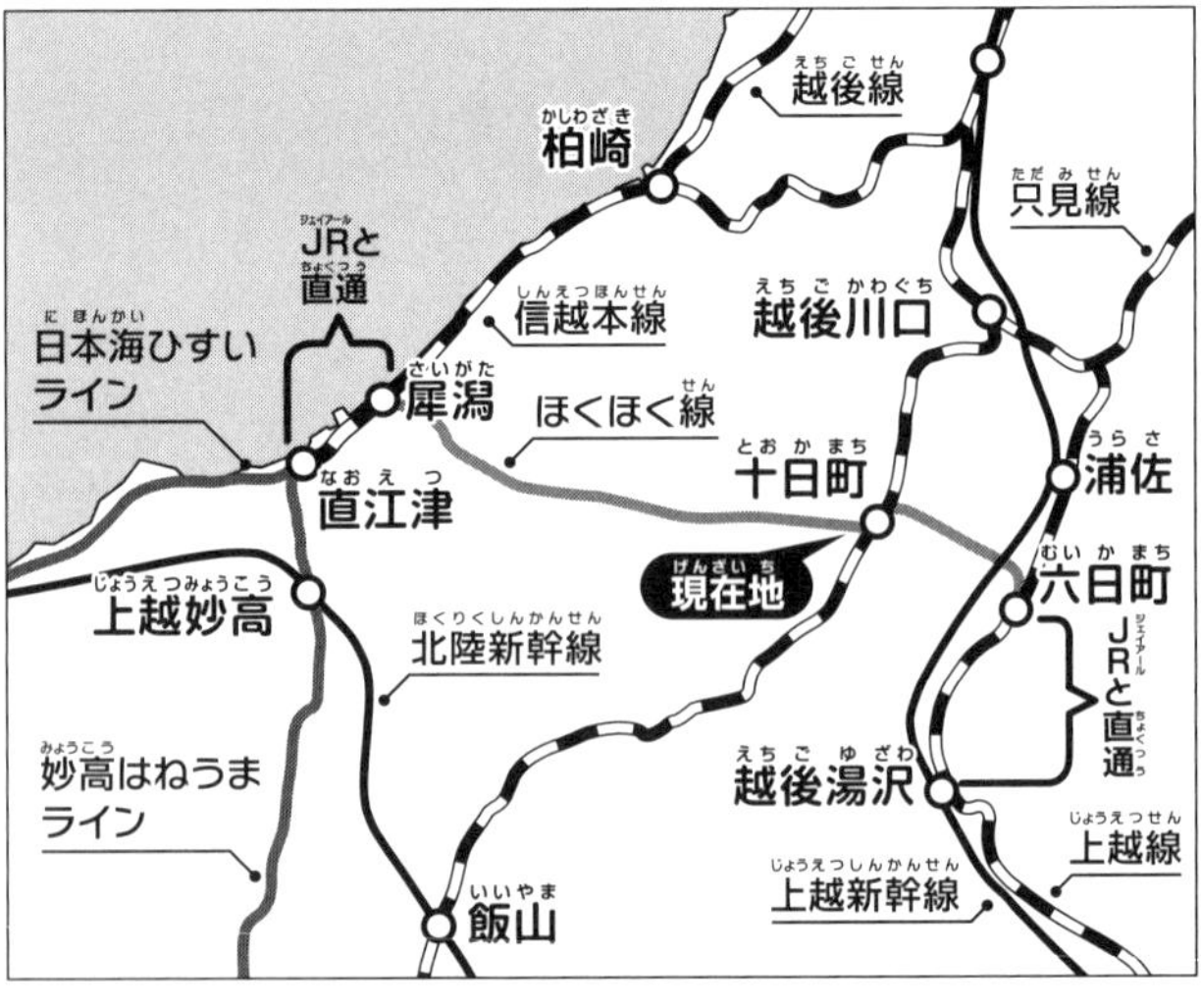

時《じ》15分《ふん》に再《ふたた》び改札口前《かいさつぐちまえ》に到着《とうちゃく》。

佐川《さがわ》さんと遠藤《えんどう》さんが合流《ごうりゅう》したから、チームは合計《ごうけい》六名《めい》。

そしてようやく、次《つぎ》に乗《の》る電車《でんしゃ》が明《あき》らかになる……！

僕《ぼく》らは遠藤《えんどう》さんから、きっぷを受《う》け取《と》る。

十日町《とおかまち》から長野《ながの》までの普通乗車券《ふつうじょうしゃけん》で、乗《の》る電車《でんしゃ》はまだわからない。

でも改札《かいさつ》を入《はい》ってすぐ目《め》の前《まえ》のホームに、エンジとアイボリーに塗《ぬ》られた車両《しゃりょう》が停車《ていしゃ》していた。

「あれが次《つぎ》に乗《の》る列車《れっしゃ》ですか⁉」

七海《ななみ》ちゃんが、１番線《ばんせん》に停車《ていしゃ》している二両編成《りょうへんせい》の車両《しゃりょう》を指差《ゆびさ》した。

窓《まど》の上下《じょうげ》にはハシゴかスダレのような、格子模様《こうしもよう》が描《か》きこまれていて、なんとなく懐《なつ》かしいようなデザインがされている。

1号車《ごうしゃ》と2号車《ごうしゃ》とは基本的《きほんてき》に同《おな》じデザインなんだけど、エンジとアイボリーの配色《はいしょく》が逆《ぎゃく》になっていた。

長野方面《ながのほうめん》の先頭車両《せんとうしゃりょう》が1号車《ごうしゃ》で、後《うし》ろは2号車《ごうしゃ》だ。

「よしっ、撮《と》るぞ——!!」

未来《みらい》はデジカメを取《と》り出《だ》して、ホームを走《はし》っていく。

「色《いろ》は京王線《けいおうせん》に似《に》ているなぁ」

車両《しゃりょう》を見《み》ながら、僕《ぼく》はいつも乗《の》っている京王線《けいおうせん》の電車《でんしゃ》を思《おも》い出《だ》した。

「それにしても、あまり見《み》かけない、変《か》わったデザインだなぁ」

1号車《ごうしゃ》に近《ちか》づいた僕《ぼく》が車体《しゃたい》を見《み》あげていると、七海《ななみ》ちゃんが横《よこ》にやってくる。

「でも、なんだかとっても落《お》ち着《つ》く感《かん》じがするよ」

「僕《ぼく》もそんな感《かん》じがする」

「この電車《でんしゃ》は、この辺《あた》りの地域《ちいき》によくある萱葺《かやぶ》き屋根《やね》の民家《みんか》やふすま、障子《しょうじ》なんかをイメージしてデザインしたんだそうだよ」

後《うし》ろからやってきた遠藤《えんどう》さんが教《おし》えてくれた。

「だからちょっとほっとする感《かん》じがするんだ……」

そう言《い》われると、アイボリーは土壁《つちかべ》のようで、車体側面《しゃたいそくめん》が民家《みんか》の壁《かべ》のように見《み》えてくる。

「そしてこれが、この列車《れっしゃ》の指定席券《していせきけん》!」

遠藤《えんどう》さんは僕《ぼく》らにきっぷを一枚《まい》ずつ渡《わた》してくれる。

七海《ななみ》ちゃんは、きっぷを太陽《たいよう》に透《す》かすようにして見《み》た。

「列車名《れっしゃめい》は……快速《かいそく》おいこっと～？」

「おいこっと!?」

今《いま》までもいろいろな列車《れっしゃ》に乗《の》ってきたけど、こんな変《か》わった名前《なまえ》は初《はじ》めて。

「列車表示板《れっしゃひょうじばん》にも『おいこっと』って出《で》ていますよ」

大樹《たいき》が見《み》あげた列車表示板《れっしゃひょうじばん》には『快速《かいそく》　おいこっと　15時《じ》30分発《ぷんはつ》　長野行《ながのいき》』と表示《ひょうじ》されていた。

僕《ぼく》と大樹《たいき》と七海《ななみ》ちゃんは顔《かお》を突《つ》きあわせた。

『なんだろう？　おいこっと、って』

思《おも》わずみんなの頭《あたま》に「？」が浮《う》かぶ。

だって、観光列車《かんこうれっしゃ》って、ちょっと変《か》わった名前《なまえ》でもなんとなく意味《いみ》がわかるようになっているはず。だけど、おいこっとなんて、さっぱりわからない。

いつもだったらここで大樹《たいき》がスパンと教《おし》えてくれるんだけど……。

すると、遠藤《えんどう》さんが眉《まゆ》を上《あ》げて言《い》った。

「おいこっとをローマ字《じ》にしてから、逆《ぎゃく》に読《よ》んでごらん」

「えっ、ローマ字《じ》!?」

僕《ぼく》は体育《たいいく》が得意《とくい》で、英語《えいご》は大《だい》の苦手《にがて》。

英語《えいご》が得意《とくい》なのは、大樹《たいき》と七海《ななみ》ちゃん。二人《ふたり》ともちょっとした英会話《えいかいわ》もできちゃうんだ。

「えっと……ＯＩＫＯＴ《オーアイケーオーティー》でしょうか？」

大樹《たいき》は、すぐにアルファベットに直《なお》した。

「あっと、二文字目《もじめ》は『Ｙ《ワイ》』にしてごらん。それでも『い』って読《よ》めるから」

「わかりました。ＯＹＫＯＴ《オーワイケーオーティー》ですね」

七海《ななみ》ちゃんが、ケータイにメモした文字《もじ》を後《うし》ろから読《よ》みあげる。

「ティーオーケーワイオー……」

そこで七海《ななみ》ちゃんと大樹《たいき》はピタリと目《め》を合《あ》わせて、

『TOKYO《ティーオーケーワイオー》！　東京《とうきょう》だ！』

と、声《こえ》を合《あ》わせた。

「そう。おいこっとは、東京《とうきょう》の反対《はんたい》っていう意味《いみ》で付《つ》けられたんだ。ローカルな田園《でんえん》、川《かわ》、山《やま》って、『東京《とうきょう》とは真逆《まぎゃく》』のイメージだろう。この列車《れっしゃ》は、乗《の》った人《ひと》に、やすらぎや癒《い》やしを感《かん》じてもらいたいんだって」

そういう列車《れっしゃ》もあるんだぁって、感心《かんしん》しちゃう。

いろんな発想《はっそう》で、今《いま》は列車《れっしゃ》が作《つく》られているんだね。

「快速《かいそく》ってことは、『青春《せいしゅん》18きっぷ』でも乗《の》れるのかしら？」

佐川《さがわ》さんが車体《しゃたい》の横《よこ》に出《で》ている列車名表示《れっしゃめいひょうじ》を見《み》ながら言《い》う。

「ええ、乗《の》れますよ。全席指定席《ぜんせきしていせき》なので指定席券《していせきけん》は必要《ひつよう》ですけどね」

「なんだかすてきですね」

「ただし、豊野《とよの》から長野《ながの》の区間《くかん》は、ＪＲ《ジェイアール》から『しなの鉄道《てつどう》・北《きた》しなの線《せん》』に変《か》わるので、運賃《うんちん》が別《べつ》に必要《ひつよう》になってしまいますが」

「途中《とちゅう》で鉄道会社《てつどうがいしゃ》が変《か》わるんですか？」

「はい。ちなみに、越乃《こしの》Ｓｈｕ＊Ｋｕｒａ《シュクラ》も快速《かいそく》ですから、指定席券《していせきけん》を買《か》えば青春《せいしゅん》18きっぷなどのお得《とく》なきっぷで乗《の》れますよ。こちらも上越妙高《じょうえつみょうこう》～直江津《なおえつ》間《かん》は『えちごトキめき鉄《てつ》道《どう》・妙高《みょうこう》はねうまライン』なので、この区間《くかん》の運賃《うんちん》が必要《ひつよう》なんです」

ドドドドドドドドドッ……。

車体《しゃたい》から、観光《かんこう》バスやダンプトラックなんかから聞《き》こえる音《おと》が響《ひび》きはじめた。

「あっ、この列車《れっしゃ》、ディーゼルなんだ。気動車《きどうしゃ》ね」

「そうだよ、七海《ななみ》ちゃん」

僕《ぼく》は七海《ななみ》ちゃんに向《む》かって微笑《ほほえ》んだ。七海《ななみ》ちゃんも、どんどん鉄道《てつどう》の知識《ちしき》を吸収《きゅうしゅう》している。

それがうれしいなって、僕《ぼく》は思《おも》った。

「あれ!?　この気動車《きどうしゃ》と同《おな》じものを、どこかで見《み》たことがある気《き》がするよ」

列車《れっしゃ》を真剣《しんけん》に見《み》つめながら七海《ななみ》ちゃんが言《い》う。

扉《とびら》をスリスリとさわっていた大樹《たいき》が振《ふ》り向《む》いた。

「するどいですね、七海《ななみ》さん。この列車《れっしゃ》は、キハ110系《けい》を改造《かいぞう》して作《つく》られています。ですので、関東《かんとう》をみんなで一周《いっしゅう》した時《とき》に、八高線《はちこうせん》の高麗川《こまがわ》から高崎《たかさき》まで乗《の》った車両《しゃりょう》と同《おな》じなんです」

「うわっ、大樹君《たいきくん》にほめられちゃった!! この子《こ》、一回見《いっかいみ》たことあった気《き》がしたもん」

キハ110系《けい》をこの子《こ》って……。

七海《ななみ》ちゃんは、列車《れっしゃ》をかわいい動物《どうぶつ》みたいに思《おも》っているのかも。

「おまたせ〜」

車体全体《しゃたいぜんたい》を撮《と》り終《お》えた未来《みらい》が、息《いき》を切《き》らせて戻《もど》ってきた。

「早《はや》かったじゃん」

未来《みらい》は列車《れっしゃ》をちらっと振《ふ》り返《かえ》って、こくんとうなずく。

「おいこっとは二両編成《りょうへんせい》で短《みじか》いもん」

「よし、じゃあ列車《れっしゃ》に乗《の》ることにしようか！」

僕《ぼく》らは遠藤《えんどう》さんについて、1号車《ごうしゃ》から車内《しゃない》へと入《はい》った。

「へぇ～越乃《こしの》Ｓｈｕ《シュ》＊Ｋｕｒａ《クラ》と同《おな》じ和風《わふう》テイストでも、こちらは古民家風《こみんかふう》の雰囲気《ふんいき》で、まったく違《ちが》った感《かん》じがしますね」

大樹《たいき》はフンフンとうなずきながら、車内《しゃない》を興味深《きょうみぶか》そうに見《み》まわした。

おいこっとの床《ゆか》はすべて木目柄《もくめがら》で、シートは車体《しゃたい》と同《おな》じエンジ色《いろ》。そこに、まるで着物《きもの》みたいな模様《もよう》がほどこされている。

右側《みぎがわ》には、大《おお》きめのテーブルをはさんで一人用《ひとりよう》シートが向《む》かいあわせに並《なら》ぶ二人席《ふたりせき》があり、左側《ひだりがわ》には二人《ふたり》シートを対面《たいめん》に置《お》いた四人用《よにんよう》ボックス席《せき》が並《なら》んでいる。

通路《つうろ》の天井《てんじょう》にはディスプレイが設置《せっち》されていて、おいこっとのキャラクターが表示《ひょうじ》されていた。

「おもしろ～い。この列車《れっしゃ》」

七海《ななみ》ちゃんが、ズラリとぶら下《さ》がっているつり革《かわ》を見《み》ながらつぶやく。

僕《ぼく》も同感《どうかん》。

「観光列車《かんこうれっしゃ》なのに、こういう設備《せつび》が残《のこ》されているのは珍《めずら》しいなぁ」

なんと、つり革《かわ》だけじゃなく、運賃箱《うんちんばこ》や整理券発行機《せいりけんはっこうき》、運賃表《うんちんひょう》まで付《つ》いてるのだ。観光列車《かんこうれっしゃ》はたいてい全席指定《ぜんせきしてい》だから、普通《ふつう》のワンマン運転列車《うんてんれっしゃ》みたいに整理券《せいりけん》を取《と》ったり、運賃箱《うんちんばこ》にお金《かね》を入《い》れる必要《ひつよう》はない。

もちろん、立《た》って乗《の》る人《ひと》もいないので、普通《ふつう》はつり革《かわ》をはずしてある。

「実《じつ》はこの車両《しゃりょう》、普通列車《ふつうれっしゃ》として使《つか》うことがあるみたいなんだよ」

遠藤《えんどう》さんが、つり革《かわ》を握《にぎ》りながら説明《せつめい》する。

「いいなぁ～。こんな通学列車《つうがくれっしゃ》があったらうれしいよね」

七海《ななみ》ちゃんはニカッと笑《わら》った。

「そうだね、駅《えき》で待《ま》っていて、不意《ふい》に、おいこっとがホームにすべりこんできたら、みんな〝ラッキー!!〟って思《おも》うんじゃない？」

僕《ぼく》らも新型車両《しんがたしゃりょう》や変《か》わったラッピング車両《しゃりょう》に出会《であ》うと、そう思《おも》うもんね。

車両《しゃりょう》の奥《おく》のほうの席《せき》は、進行方向《しんこうほうこう》に対《たい》して横向《よこむ》きのロングシートになっていた。

ロングシートっていっても東京《とうきょう》の通勤電車《つうきんでんしゃ》みたいなものじゃなく、大《おお》きなひじかけが付《つ》いたソファみたいなシートで、サイドにはちょっとしたテーブルまで付《つ》いている。

きっぷを確認《かくにん》すると、僕《ぼく》らT3《ティースリー》は真《ま》ん中辺《なかあた》りにある四人席《よにんせき》で、8のABCD《エービーシーディー》。遠藤《えんどう》さんと佐川《さがわ》さんは通路《つうろ》をはさんだ向《む》かいの二人席《ふたりせき》で、9のAB《エービー》だった。

進行方向窓側《しんこうほうこうまどがわ》には未来《みらい》が座《すわ》り、向《む》かい側《がわ》には七海《ななみ》ちゃんが座《すわ》ったので、僕《ぼく》は未来《みらい》の横《よこ》、大樹《たいき》は七海《ななみ》ちゃんの横《よこ》、通路側《つうろがわ》に腰《こし》をかける。

シートの間《あいだ》には、窓際《まどぎわ》の壁《かべ》から突《つ》き出《だ》しているようにテーブルが付《つ》いている。

窓側《まどがわ》に座《すわ》った未来《みらい》は、立《た》ち上《あ》がると日《ひ》よけスクリーンをスルスルと出《だ》す。

『おおぅぅぅ』

僕《ぼく》らは思《おも》わず声《こえ》をあげる。

おいこっとの日《ひ》よけスクリーンは、白地《しろじ》にエンジの格子模様《こうしもよう》が入《はい》っていて、まるで障子《しょうじ》みたい。だから、下《お》ろすと車内《しゃない》は本当《ほんとう》に古民家《こみんか》の雰囲気《ふんいき》になる。

「こういうところにも、こだわっているのねぇ」

未来《みらい》は写真《しゃしん》を撮《と》り終《お》えると、また日《ひ》よけスクリーンを上《あ》げた。

「やはり、車両《しゃりょう》デザインには『コンセプト』が重要《じゅうよう》なんですね……」

大樹《たいき》のつぶやきに、未来《みらい》が「ふわぁ？」って顔《かお》で、大樹《たいき》を見《み》つめた。

「こんせぷとぉ～？　なにそれ、どういうもの？」

「コンセプトを日本語《にほんご》にすると、『概念《がいねん》』とか『構想《こうそう》』ってことですね」

「がいねん？　こうそう？」

未来《みらい》が、ますますわからないという顔《かお》になった。

「たとえば、料理《りょうり》でいうなら『本格的《ほんかくてき》イタリアンで行《い》くぞ』とか『地元《じもと》の食材《しょくざい》を生《い》かすぞ』っていう方向性《ほうこうせい》を決《き》めてから、それに従《したが》って作《つく》っていくってことですね」

七海《ななみ》ちゃんは「う～ん」とうなってから、ポンと手《て》を打《う》つ。

「要《よう》するに『テーマを決《き》める！』ってこと？　大樹君《たいきくん》」

「ええ。車両《しゃりょう》をデザインするためには、コンセプト、言《い》いかえればテーマが必要《ひつよう》なんだなあって、思《おも》ったわけです」

大樹《たいき》は微笑《ほほえ》む。

「あぁ～、最高時速《さいこうじそく》1000キロの蒸気機関車《じょうききかんしゃ》が、三階建《かいだ》ての客車《きゃくしゃ》を百両《ひゃくりょう》くらい牽《ひ》いて、中《なか》には売店《ばいてん》、ゲームセンター、大浴場《だいよくじょう》、カラオケルームがあればいいなぁとか、無茶苦茶《むちゃくちゃ》なことばかり言《い》ってちゃダメってことね」

未来《みらい》が、チラリと冷《つめ》たい目《め》で僕《ぼく》を見《み》ながら言《い》う。

「え〜っ、今《いま》、それを言《い》う？　あの時《とき》、適当《てきとう》に言《い》いすぎたのは反省《はんせい》しているよぉ〜」

僕《ぼく》はぷぅと頬《ほお》をふくらませた。

「いやいや、雄太《ゆうた》。そうしたアイディアをすべて入《い》れるのは無理《むり》でも、テーマを決《き》めてチョイスすればおもしろい車両《しゃりょう》になるかもしれないぞ」

大樹《たいき》はニコリと笑《わら》ってくれた。

その時《とき》、遠《とお》くから「フィィィ」と車掌《しゃしょう》さんの笛《ふえ》の音《おと》が聞《き》こえてきた。

ピンポン……ピンポン……。

扉付近《とびらふきん》から、ドア開閉《かいへい》の警戒音《けいかいおん》が響《ひび》き、大《おお》

きな一枚扉《まいとびら》がガラリと閉《し》まる。

15時《じ》30分《ぷん》、快速《かいそく》おいこっとは、十日町《とおかまち》を出《しゅっ》発《ぱつ》した。

すぐにピンクの上着《うわぎ》に、細《こま》かいひし形模様《がたもよう》の入《はい》った「もんぺ」と呼《よ》ばれる昔《むかし》の作業《さぎょう》パンツをはいて、腰《こし》に黒《くろ》いエプロンを巻《ま》いたアテンダントさんがやってくる。

ちなみに『おいこっと あてんだんと』って名前《なまえ》なんだって。

「野沢菜《のざわな》をどうぞぉ～」

アテンダントさんは全員《ぜんいん》に、プラスチック容器《ようき》に入《はい》った漬物《つけもの》と箸《はし》とお手《て》ふきを配《くば》ってくれる。

七海《ななみ》ちゃんが、さっそく蓋《ふた》を開《あ》けてパクリ

と一口《ひとくち》。

「この野沢菜美味《のざわなおい》し〜い！」

野沢菜《のざわな》は長野《ながの》の特産品《とくさんひん》で、しゃきしゃきと歯《は》ごたえのいい、お漬物《つけもの》なんだ。

遠藤《えんどう》さんたちはさっそくお酒《さけ》のおつまみにしているけれど、日本茶《にほんちゃ》ともすごく合《あ》う。

「四国《しこく》のおばあちゃん家《ち》に来《き》たみたい」

未来《みらい》の言《い》うとおり、車内《しゃない》はそんな落《お》ち着《つ》いた雰囲気《ふんいき》。

おいこっとは、昔話《むかしばなし》にあるようなのどかな風景《ふうけい》の中《なか》を走《はし》っていく。

田畑《たはた》の向《む》こうに連《つら》なる山肌《やまはだ》には、まだ、たくさんの雪《ゆき》が残《のこ》されている。

周《まわ》りの田畑《たはた》では田起《たお》こしもされていない。

山《やま》にはさまれた田《た》んぼの中《なか》を、おいこっとは進《すす》んだ。

越後水沢《えちごみずさわ》を過《す》ぎた辺《あた》りから大《おお》きな川《かわ》が見《み》えた。

「あれは信濃川《しなのがわ》だよ」

通路《つうろ》の向《む》こうに座《すわ》る遠藤《えんどう》さんが教《おし》えてくれる。

山肌《やまはだ》を走《はし》る列車《れっしゃ》から、信濃川《しなのがわ》のキラキラ光《ひか》る水面《すいめん》が見《み》えた。

おいこっとはゆっくり、右《みぎ》に左《ひだり》にゆるやかにカーブしながら、のどかな田園風景《でんえんふうけい》の中《なか》を走《はし》り抜《ぬ》けていく。

日《ひ》が沈《しず》み、長野《ながの》にかなり近《ちか》づいた頃《ころ》、遠藤《えんどう》さんは佐川《さがわ》さんのタブレットパソコンを借《か》りて、僕《ぼく》らのテーブルの真《ま》ん中《なか》にポンと置《お》いた。

「どうしたんですか？」

未来《みらい》が、遠藤《えんどう》さんを見《み》あげて聞《き》く。

「今回《こんかい》のツアーでは、一《ひと》つだけ謝《あやま》らなくてはいけないことがあってね……」

遠藤《えんどう》さんはアッハハと笑《わら》いながら、照《て》れかくしに頭《あたま》の後《うし》ろをパンパンとたたいた。

「実《じつ》はおいこっとでも、越乃Ｓｈｕ＊Ｋｕｒａ《こしのシュクラ》と同《おな》じように、車内《しゃない》でイベントが行《おこな》われるんだよ」

車内《しゃない》イベントがあるなんて、うれしいことのはずなのに、なんで遠藤《えんどう》さんが僕《ぼく》らに謝《あやま》るんだろう。僕《ぼく》は不思議《ふしぎ》に思《おも》った。

それにあと30分《ぷん》ほどで長野《ながの》に到着《とうちゃく》するっていうのに、それらしき雰囲気《ふんいき》はまったく感《かん》じられない。

遠藤《えんどう》さんは僕《ぼく》のそんな気持《きも》ちを見透《みす》かしたように続《つづ》ける。

「イベントがあるのは、長野《ながの》から十日町《とおかまち》まで向《む》かう往路《おうろ》の時《とき》だけで、私《わたし》たちの乗《の》ってる復《ふく》路《ろ》では行《おこな》われないいんだ。T3《ティースリー》のみんなに、おいこっとの『おもてなし』イベントを体験《たいけん》してもらいたかったんだけど、どうしても時刻表《じこくひょう》がこれ以上《いじょう》うまく組《く》めなくて」

申《もう》しわけなさそうに言《い》って、遠藤《えんどう》さんはひょいと頭《あたま》を下《さ》げた。

「本当《ほんとう》にごめんね」

「そんなの、全然《ぜんぜん》大丈夫《だいじょうぶ》だよ」

イベントが見《み》られないのはすごく残念《ざんねん》だけど、今日《きょう》の列車《れっしゃ》はすべておもしろいものばかり。こんな贅沢《ぜいたく》な旅《たび》を計画《けいかく》してくれた遠藤《えんどう》さんには感謝《かんしゃ》の気持《きも》ちでいっぱいだったから。

他《ほか》の三人《にん》も「そうそう」と笑顔《えがお》でうなずく。

「本当《ほんとう》かい？」

僕《ぼく》らは顔《かお》を見《み》あわせてからいっせいに言《い》った。

『ミステリーツアーは、すっごく楽《たの》しかったよっ！』

それを聞《き》いた遠藤《えんどう》さんの顔《かお》が、一気《いっき》に明《あか》るくなった。

「そう言《い》ってくれて本当《ほんとう》にうれしいよ。でもみんなに、イベントの雰囲気《ふんいき》を少《すこ》しでも味《あじ》わってもらいたくて、知《し》りあいが撮《と》った動画《どうが》を上映《じょうえい》しようと思《おも》ってね」

「わっ、すごい」

「見《み》たい、見《み》たいっ！」

七海《ななみ》ちゃんと未来《みらい》が声《こえ》をあげて、テーブルに体《からだ》を乗《の》り出《だ》す。僕《ぼく》と大樹《たいき》も頭《あたま》をくっつけるようにしてタブレットのディスプレイをのぞきこんだ。

映像《えいぞう》が始《はじ》まる。

場所《ばしょ》はおいこっとの車内《しゃない》だ。和服《わふく》を着《き》た男《おとこ》の人《ひと》が立《た》っていた。

どんなイベントなんだろう？　胸《むね》が高鳴《たかな》ってくる。

その男《おとこ》の人《ひと》はマイクを待《も》ち、

「ええ〜わたくし浮電亭広軌《ゆうでんていこうき》と申《もう》しまして、落語家《らくごか》をやらせてもらっております」

と、あいさつをし、落語《らくご》を語《かた》りはじめた。

「落語《らくご》なんてわかるかなぁ？」

未来《みらい》が不安《ふあん》そうにぽつりとつぶやいた。

ところが、これがものすごくおもしろかった。

浮電亭《ゆうでんてい》さんの落語《らくご》は、有名《ゆうめい》な昔話《むかしばなし》『鶴《つる》の恩返《おんがえ》し』をベースにしたものだったんだ。

「むかしむかし、ある男《おとこ》が鳥《とり》を助《たす》けた夜《よる》に、女《おんな》がたずねてきた。私《わたし》は目《め》が悪《わる》いからよく見《み》えなかったけど、きっとみなさんのような美人《びじん》だった……」とか「絶対《ぜったい》にのぞかないでと言《い》われたので、翌朝《よくあさ》に女《おんな》の部屋《へや》を見《み》たら、家財道具《かざいどうぐ》がすべてなくなっていたぁ。なんだ、ツルだと思《おも》ったらサギだったのかっ！」

なんて話《はな》すもんだから、僕《ぼく》らも画面《がめん》を見《み》ながら『アッハハ』と思《おも》いっきり笑《わら》った。

いつもは大声《おおごえ》で笑《わら》ったりしない大樹《たいき》も、顔《かお》がくしゃくしゃ。

もしかして、落語《らくご》が大樹《たいき》のツボ!?　笑《わら》いすぎて涙《なみだ》が出《で》たのか、メガネをはずしてハンカチで目《め》を押《お》さえているんだもん。

「すごいなぁ、列車《れっしゃ》は落語《らくご》を楽《たの》しむ『演芸場《えんげいじょう》』にもなるんですね」

「美術館《びじゅつかん》、ステージ、そして演芸場《えんげいじょう》かぁ……」

僕《ぼく》は今日《きょう》乗《の》った列車《れっしゃ》を振《ふ》り返《かえ》った。遠藤《えんどう》さんが満足《まんぞく》げにうなずく。

「そうさ、今回《こんかい》のミステリーツアーでは『列車《れっしゃ》の中《なか》ではどんなこともできる』ということをみんなに知《し》ってほしかったんだ」

「つまり、車両《しゃりょう》デザインには無限《むげん》の可能性《かのうせい》があるということですね……」

大樹《たいき》がうなずく。

「そういうことさ」

「どう？　いい気分転換《きぶんてんかん》になった？　大樹君《たいきくん》」

七海《ななみ》ちゃんが大樹《たいき》を上目《うわめ》づかいで見《み》つめた。

「すごく楽《たの》しかったです。発見《はっけん》がたくさんあって、とても参考《さんこう》になりました。そしてとてもいい気分転換《きぶんてんかん》になりました！　……でも」

「でも!?」

「あと少《すこ》しでなにかが見《み》えそうなんです、いいなと思《おも》えるデザインのコンセプトが。でも、まだどこかピンとこなくて……」

車窓《しゃそう》を眺《なが》めながら、大樹《たいき》は力《ちから》なく微笑《ほほえ》んだ。

10 雄太《ゆうた》から大樹《たいき》へのプレゼント

おいこっとは18時《じ》7分《ふん》に長野駅《ながのえき》4番線《ばんせん》に着《つ》いた。

太陽《たいよう》が沈《しず》んだせいか、ホームを吹《ふ》き抜《ぬ》ける風《かぜ》は凍《こご》えるほど冷《つめ》たい。

けれど、その風《かぜ》の中《なか》に、カツオとしょうゆが混《ま》じった美味《おい》しそうな匂《にお》いが漂《ただよ》っていることに、僕《ぼく》は気《き》がついた。

「あっ、そばのダシの香《かお》りだ」

クンクンと鼻《はな》を鳴《な》らしている僕《ぼく》に、未来《みらい》がからかうように言《い》う。

「雄太《ゆうた》は食《く》いしん坊《ぼう》ね」

「いやいや長野県《ながのけん》はねぇ、ホームに立《た》ち食《ぐ》いそば屋《や》さんがある確率《かくりつ》がすごく高《たか》いんだよ」

「本当《ほんとう》に〜？」

未来《みらい》は疑《うたが》うような目《め》で僕《ぼく》を見《み》る。

「だって長野県《ながのけん》はそばの収穫量《しゅうかくりょう》も多《おお》いし、人口十万人《じんこうじゅうまんにん》あたりのおそば屋《や》さんの数《かず》が、毎年《まいとし》だいたい全国《ぜんこく》二位《い》なんだからねっ」

「うわっ、そば大好《だいす》き県《けん》なんだ!?」

「そう、だから長野駅《ながのえき》のどのホームにも、おそば屋《や》さんが一軒《いっけん》はあるんだよ！」

僕《ぼく》は未来《みらい》の顔《かお》に向《む》かってビシッと指《ゆび》を伸《の》ばす。

そこへ遠藤《えんどう》さんがやってきて、笑顔《えがお》で言《い》った。

「ミステリーツアーの終着駅《しゅうちゃくえき》はここ、長野《ながの》なんだ。宿泊《しゅくはく》は駅前《えきまえ》ホテルなんだけど……今夜《こんや》の夕食《ゆうしょく》はそば屋《や》さんにするかい？」

「いいですねっ、長野県《ながのけん》の本格的《ほんかくてき》な手打《てう》ちそば、食《た》べたいなぁ」

佐川《さがわ》さんはウンウンとうなずく。

『さんせ――――い!!』

未来《みらい》も七海《ななみ》ちゃんも右手《みぎて》を挙《あ》げて賛成《さんせい》した。

旅《たび》がここで終《お》わりなのは少《すこ》しさみしいけど、夕食《ゆうしょく》に手打《てう》ちそばというのは僕《ぼく》も大賛成《だいさんせい》。

「大樹《たいき》もいいよな？」

僕《ぼく》が聞《き》いたのに、大樹《たいき》は答《こた》えなかった。一人考《ひとりかんが》えごとに集中《しゅうちゅう》しているみたい。

やっぱり……車両《しゃりょう》デザインのことが気《き》になるんだろうなぁ。

僕《ぼく》はおいこっとで大樹《たいき》が言《い》っていた「あと少《すこ》し」という言葉《ことば》が気《き》になってしょうがなかった。あと少《すこ》しのなにか……か。

そのなにかを探《さが》す手伝《てつだ》いを、できないかな。

その時《とき》、ぱっとひらめいた。

あれなら、きっと大樹《たいき》の参考《さんこう》になるはず！

タタッと走《はし》ってみんなの前《まえ》に出《で》た僕《ぼく》は、くるりと振《ふ》り向《む》いて、両手《りょうて》を広《ひろ》げた。

「みんなっ、ちょっといい？」

「な、なによ、雄太《ゆうた》。急《きゅう》に」

急停止《きゅうていし》した未来《みらい》の背中《せなか》に、七海《ななみ》ちゃんがぶつかって「きゃっ」と小《ちい》さな声《こえ》をあげる。

「ねえ、遠藤《えんどう》さん。お願《ねが》い。もう少《すこ》しだけ電車《でんしゃ》に乗《の》りたいんだけど……」

僕《ぼく》は両手《りょうて》を胸《むね》の前《まえ》でパチンと合《あ》わせて、頭《あたま》を深々《ふかぶか》と下《さ》げた。

「どうしたんだい？」

「大樹《たいき》に見《み》せたい場所《ばしょ》が、この近《ちか》くにあるんです！」

「僕《ぼく》に見《み》せたい場所《ばしょ》？」

大樹《たいき》がとまどった声《こえ》をあげる。

僕《ぼく》がゆっくり顔《かお》を上《あ》げると、遠藤《えんどう》さんはいつものようにニコニコと笑《わら》っていた。

「この時間《じかん》から行《い》ける場所《ばしょ》となると……あそこかな？」

たぶん、僕《ぼく》と遠藤《えんどう》さんは同《おな》じ場所《ばしょ》を想像《そうぞう》してる。

「はい、そこです！」

「なによ、なによ。男二人《おとこふたり》でニヤニヤしてぇ〜」

未来《みらい》は頬《ほお》を少《すこ》しふくらませた。七海《ななみ》ちゃんがまばたきしながらたずねる。

「大樹君《たいきくん》に見《み》せたいものってなに？　雄太君《ゆうたくん》」

「それは――」

言《い》いかけた僕《ぼく》の口《くち》に、遠藤《えんどう》さんが右手《みぎて》を当《あ》てた。

「せっかくだから、ここからは『雄太君《ゆうたくん》のミステリーツアー』ということで、黙《だま》ってみんなでついていくことにしようか？」

『そんなぁ――――!?』

女子二人《じょしふたり》は大《おお》きな声《こえ》をあげたけど、遠藤《えんどう》さんはさっさと階段《かいだん》を上《のぼ》りはじめる。

「さぁ、いったん出《で》てからきっぷを買《か》うよ～」

妙《みょう》にウキウキした足取《あしど》りで駆《か》けあがっていく遠藤《えんどう》さんに、みんながあわてて続《つづ》いた。

改札階《かいさつかい》へ上《あ》がり、在来線改札口《ざいらいせんかいさつぐち》から駅《えき》の自由通路《じゆうつうろ》へ出《で》る。

すぐ近《ちか》くの自動券売機《じどうけんばいき》で遠藤《えんどう》さんが六枚《まい》のきっぷを購入《こうにゅう》した。

「よしっ、これで準備《じゅんび》はＯＫ《オーケー》！　あとの案内《あんない》は頼《たの》むよ、リーダー雄太君《ゆうたくん》」

「任《まか》せてください！」

僕《ぼく》は、在来線改札口《ざいらいせんかいさつぐち》の上《うえ》に並《なら》ぶ列車案内板《れっしゃあんないばん》を見《み》つめた。

えっと……確《たし》か松本方面《まつもとほうめん》だから……。

僕《ぼく》が目指《めざ》す場所《ばしょ》は、松本《まつもと》と長野《ながの》を結《むす》ぶ篠ノ井線《しののいせん》にある。

今《いま》は18時《じ》10分《ぷん》。次《つぎ》の松本方面《まつもとほうめん》の電車《でんしゃ》は18時《じ》17分《ふん》だった。あと七分《ふん》だ。

「みんな、５番線《ばんせん》へ向《む》かって！」

『は────い!!』

きっぷを持《も》った右手《みぎて》を上《あ》げて、みんなが声《こえ》を合《あ》わせる。

自動改札機《じどうかいさつき》を通《とお》って再《ふた》び駅構内《えきこうない》に入《はい》った僕《ぼく》らは、右前《みぎまえ》にあった階段《かいだん》を下《くだ》る。

5番線《ばんせん》ホームには、もう電車《でんしゃ》が停《と》まっていた。

銀《ぎん》の車体《しゃたい》に、スカイブルーとエメラルドグリーンのラインがスパッと横《よこ》に入《はい》っている、三両編成《りょうへんせい》の電車《でんしゃ》だ。

正面上部《しょうめんじょうぶ》に「普通《ふつう》」、左《ひだり》には「448M《エム》」と電光表示《でんこうひょうじ》されている。

「あっ、あんまり見《み》たことない色《いろ》の列車《れっしゃ》!」

未来《みらい》はすかさずデジカメを取《と》り出《だ》し、フラッシュを光《ひか》らせないようにしながらパチリパチリとシャッターを切《き》っていく。

この銀色《ぎんいろ》の車体《しゃたい》は、長野地区《ながのちく》のJR《ジェイアール》車両《しゃりょう》に多《おお》いんだ。

「あれ……211系《けい》になったんだなぁ」

僕《ぼく》がぼやいたわけを遠藤《えんどう》さんはすぐにわかってくれた。

「篠ノ井線《しののいせん》からも115系《けい》は撤退《てったい》したらしいよ」

「え～そうなんだ。僕《ぼく》、好《す》きだったのになぁ～115系《けい》」

115系《けい》はJR《ジェイアール》の前《まえ》の会社《かいしゃ》『国鉄《こくてつ》』時代《じだい》から走《はし》っていた車両《しゃりょう》で、正面《しょうめん》に大《おお》きなライトがついている。それが顔《かお》みたいに見《み》えて、かっこよかったんだ。

越乃《こしの》S《シ》h《ュ》u＊K《ク》u《ラ》r a のキハ40形《がた》のように改造《かいぞう》されて観光列車《かんこうれっしゃ》になることもあるけど、国鉄時代《こくてつじだい》に造《つく》られた115系《けい》といった車両《しゃりょう》は、だんだん新《あたら》しい車両《しゃりょう》に入《い》れ替《か》わり、廃棄《はいき》されていく。それが残念《ざんねん》でたまらない。

新《あたら》しい電車《でんしゃ》だけでなく、古《ふる》い電車《でんしゃ》も好《す》きだから、なるべくだったら「いろいろな車両《しゃりょう》が走《はし》っていてほしい」って僕《ぼく》は思《おも》っている。

「えっ、この電車《でんしゃ》は今《いま》から甲府《こうふ》まで行《い》くの!?」

佐川《さがわ》さんが、車両《しゃりょう》の行《い》き先《さき》の案内表示《あんないひょうじ》を見《み》て驚《おどろ》く。

「ええ、各駅《かくえき》に停車《ていしゃ》しながら、終点甲府《しゅうてんこうふ》には21時《じ》33分《ぷん》に到着《とうちゃく》しますよ」

時刻表《じこくひょう》を開《ひら》きながら大樹《たいき》が答《こた》える。

「かつ、各駅停車《かくえきていしゃ》で三時間《じかん》も!?」

「いえ、三時間《じかん》しか乗《の》っていられないんですよ」

メガネのサイドフレームに手《て》を当《あ》てて微笑《ほほえ》んだ大樹《たいき》は、そのまま車内《しゃない》へと入《はい》った。

ああ、なるほどというように、佐川《さがわ》さんがぽんと手《て》を打《う》ち、笑顔《えがお》になる。

２１１系《けい》の車体側面《しゃたいそくめん》には、扉《とびら》が三《みっ》つしかない。

クロスシートが並《なら》ぶ車内《しゃない》には、学生服姿《がくせいふくすがた》の人《ひと》やレジャー帰《がえ》りの人《ひと》たちがたくさん乗《の》っていて、三両編成《りょうへんせい》はほぼ満員《まんいん》だった。

撮影《さつえい》の終《お》わった未来《みらい》を待《ま》って中《なか》へと入《はい》った僕《ぼく》らは、扉《とびら》の近《ちか》くに集《あつ》まって立《た》った。

フルルルルルルルルルルルル……。

５番線《ばんせん》には発車《はっしゃ》をしらせる電子《でんし》ベルが鳴《な》り響《ひび》く。

ベルが鳴《な》り終《お》わると扉《とびら》がガラガラと音《おと》をたてて閉《し》まった。

フワァァァァァン！

床下《ゆかした》から響《ひび》くような警笛《けいてき》が聞《き》こえ、長野発甲府行《ながのはっこうふいき》の普通列車《ふつうれっしゃ》４４８M《エム》が走《はし》りだす。

時刻《じこく》は定刻《ていこく》どおり、18時《じ》17分《ふん》。

駅付近《えきふきん》は明《あか》るかったが、ホームから出《で》てしまうと、灯《あか》りはぽつんぽつんと並《なら》ぶ街灯《がいとう》だけ。

周囲《しゅうい》は真《ま》っ暗《くら》だ。

未来《みらい》は窓《まど》にカメラを向《む》けてみたが、すぐにレンズに蓋《ふた》をした。

「やっぱり、暗《くら》すぎてもう無理《むり》ねぇ」

「太陽《たいよう》が沈《しず》んじゃうと、車窓《しゃそう》からはなにも見《み》えなくなっちゃうのよねぇ」

窓《まど》にピタンと顔《かお》を付《つ》けた七海《ななみ》ちゃんも、残念《ざんねん》そうにつぶやく。

寝台列車《しんだいれっしゃ》でもない限《かぎ》り、夜《よる》の電車《でんしゃ》は楽《たの》しみが半減《はんげん》しちゃう。

車窓《しゃそう》の景色《けしき》が、どんどん変《か》わっていくのが電車《でんしゃ》の大《おお》きな魅力《みりょく》だから、日《ひ》が落《お》ちると、少《すこ》しつまらなくなってしまうのだ。

「ねぇ、雄太《ゆうた》。こんな時間《じかん》に見《み》られるものなんてあるの？」

デジカメを大切《たいせつ》そうにケースにしまいながら未来《みらい》は聞《き》く。

僕《ぼく》は、しっかりとうなずく。

「そこは昼間《ひるま》でもいい場所《ばしょ》なんだけど、夜《よる》には魅力《みりょく》が倍増《ばいぞう》する場所《ばしょ》なんだっ！」

『夜《よる》に魅力《みりょく》が倍増《ばいぞう》〜!?』

未来《みらい》と七海《ななみ》ちゃんは「え〜っ!?」という顔《かお》で驚《おどろ》く。

「本当《ほんとう》に〜雄太《ゆうた》？」

あ〜、またそうくる？　今回《こんかい》の旅《たび》では、未来《みらい》は僕《ぼく》をずっと疑《うたが》っている!?

「本当《ほんとう》だってばっ！　まぁ、楽《たの》しみにしていてよっ」

僕《ぼく》は鼻《はな》から空気《くうき》をフンッと抜《ぬ》きながら、自信満々《じしんまんまん》の顔《かお》を見《み》せた。

僕《ぼく》らとは反対側《はんたいがわ》の扉《とびら》の前《まえ》に立《た》っていた遠藤《えんどう》さんは、前《まえ》にいる佐川《さがわ》さんに聞《き》く。

「そういえば佐川《さがわ》さん。今回《こんかい》の鉄道《てつどう》ツアー、楽《たの》しんでいただけましたか？」

遠藤《えんどう》さんは少《すこ》し照《て》れているみたい。

「もちろんです！　とっても楽《たの》しかったですよ」

「それはよかった。せっかくのお休《やす》みを台《だい》なしにしていたら……と心配《しんぱい》していたんです」

「そんなこと、絶対《ぜったい》にありませんよ」

佐川《さがわ》さんはフフッとかわいく笑《わら》ってから、遠藤《えんどう》さんの目《め》を見《み》つめて続《つづ》けた。

「だって、私《わたし》、本当《ほんとう》に好《す》きなんです……」

一瞬《いっしゅん》、遠藤《えんどう》さんの目《め》が驚《おどろ》いたように大《おお》きくなった。

え——っ!?　佐川《さがわ》さんが遠藤《えんどう》さんのことを好《す》き——!?

みんな他《ほか》のことに気《き》を取《と》られていて、そのセリフが聞《き》こえたのは僕《ぼく》だけみたい。

僕《ぼく》は「うわうわうわ」となって、心臓《しんぞう》がドドドッと速《はや》くなる。

それから、佐川《さがわ》さんはニコリと微笑《ほほえ》んでこう続《つづ》けた。

「こうやって、遠藤《えんどう》さんや雄太君《ゆうたくん》たちと旅行《りょこう》しているのが本当《ほんとう》に好《す》きなんです……」

「ふぅぅぅぅぅ〜」と、知《し》らないうちに止《と》めていた息《いき》を僕《ぼく》はすべて吐《は》き出《だ》した。

なっ、なんだ……好《す》きなのは、みんなと旅行《りょこう》することかぁ〜。

「大人《おとな》になって仕事《しごと》が忙《いそが》しくなってから、こういう楽《たの》しみをすっかり忘《わす》れてしまっていたような気《き》がして。……さくらと一緒《いっしょ》にT3《ティースリー》の旅行《りょこう》へ行《い》くようになって、私《わたし》、子《こ》どもの頃《ころ》は、とっても電車旅行《でんしゃりょこう》が好《す》きだったことを思《おも》い出《だ》したんです」

遠藤《えんどう》さんはアッハハハと思《おも》いきり笑《わら》う。

「佐川《さがわ》さんも電車旅行《でんしゃりょこう》が好《す》きだったんですか。それはうれしいなぁ。私《わたし》も小《ちい》さい頃《ころ》からみんなで旅行《りょこう》へ行《い》くのが本当《ほんとう》に楽《たの》しくって、それで旅行代理店《りょこうだいりてん》を作《つく》っちゃったくらいですから……」

「だから私《わたし》たち、気《き》が合《あ》うのかもしれませんよ」

「そうだったんですねぇ〜。気《き》が合《あ》ってよかった……アッハハ」

遠藤《えんどう》さんにつられたように、佐川《さがわ》さんもクスクスと笑《わら》った。

なんだかすごく仲《なか》が良《よ》くて、楽《たの》しそう。

列車《れっしゃ》は安茂里《あもり》、川中島《かわなかじま》、今井《いまい》、篠ノ井《しののい》と停車《ていしゃ》してから大《おお》きく右《みぎ》へカーブしていく。

ここから篠ノ井線《しののいせん》は街《まち》から離《はな》れ、街灯《がいとう》さえ少《すく》なくなった。

聞《き》こえてくるのは踏切《ふみきり》の警報音《けいほうおん》くらい。

カンカンという音《おと》は近《ちか》づく時《とき》には高《たか》く、踏切《ふみきり》を越《こ》え離《はな》れていく時《とき》には低《ひく》く聞《き》こえた。

真《ま》っ暗《くら》な中《なか》をカタンコトンと疾走《しっそう》していく列車《れっしゃ》の中《なか》は、まるで宮沢賢治《みやざわけんじ》の小説《しょうせつ》『銀河鉄《ぎんがてつ》道《どう》の夜《よる》』のワンシーンのようだった。

稲荷山《いなりやま》に停車《ていしゃ》したあとは、勾配《こうばい》をグングン登《のぼ》っていくのがわかる。

やがて、坂《さか》を登《のぼ》りきると電車《でんしゃ》はホームもない場所《ばしょ》でキィイインとブレーキを鳴《な》らして停《てい》車《しゃ》する。もちろん、扉《とびら》が開《ひら》くことはない。

「こんなところで、どうしたんだろう？」

大樹《たいき》は窓《まど》から外《そと》を見《み》る。レールの側《そば》に、白《しろ》い雪《ゆき》が残《のこ》っているのが見《み》えた。

しばらくすると、電車《でんしゃ》は後《うし》ろへ向《む》かってゆっくりと動《うご》きだす。

「前《まえ》じゃなくて、後《うし》ろに進《すす》んでる？」

未来《みらい》がきょとんとした目《め》で僕《ぼく》を見《み》る。

「これって、スイッチバックじゃない!?」

七海《ななみ》ちゃんするどい！

「そうなんだよ。ここは、スイッチバック区間《くかん》なんだ」

「ってことは……、急斜面《きゅうしゃめん》があるってこと？」

そのとおり！　スイッチバックは、パワーの弱《よわ》い列車《れっしゃ》でも厳《きび》しい上《のぼ》り勾配区間《こうばいくかん》を登《のぼ》れるように考《かんが》え出《だ》された方法《ほうほう》なんだ。

急《きゅう》な坂《さか》をまっすぐに進《すす》むのは大変《たいへん》だけど、ゆるい坂道《さかみち》をジグザグにゆっくり進《すす》めば登《のぼ》れるからね。

「ここには一気《いっき》に高《たか》くなっている崖《がけ》のような場所《ばしょ》があって、蒸気機関車《じょうききかんしゃ》が乗《の》り越《こ》えるためにかつてスイッチバックが作《つく》られたんだ。今《いま》は待避線《たいひせん》として使《つか》われているんだけどね」

「待避線《たいひせん》？」

戸惑《とまど》っている七海《ななみ》ちゃんに、僕《ぼく》は左《ひだり》の窓《まど》をコンコンとたたいてみせる。

七海《ななみ》ちゃんがピタンと顔《かお》を窓《まど》に付《つ》けて外《そと》を見《み》ていると、

グーン!!　ガタンゴトン……ガタンゴトン……ガタンゴトン……。

と、長野《ながの》へ向《む》かう下《くだ》り列車《れっしゃ》が勢《いきお》いよく走《はし》り去《さ》っていく。

「篠ノ井線《しののいせん》は単線《たんせん》だから、こうやって列車《れっしゃ》のすれ違《ちが》いをするんだよ。しかも、この『桑ノ《くわの》原信号場《はらしんごうじょう》』『姨捨駅《おばすてえき》』『羽尾信号場《はねおしんごうじょう》』と、この周辺《しゅうへん》には三《みっ》つもスイッチバックが並《なら》んでいるんだ」

「すごぉ〜い。三《みっ》つもあるなんてぇ〜」

桑ノ原信号場《くわのはらしんごうじょう》を出発《しゅっぱつ》した列車《れっしゃ》は、しばらく走《はし》ったあと、また停車《ていしゃ》して後《うし》ろへ進《すす》んでいく。

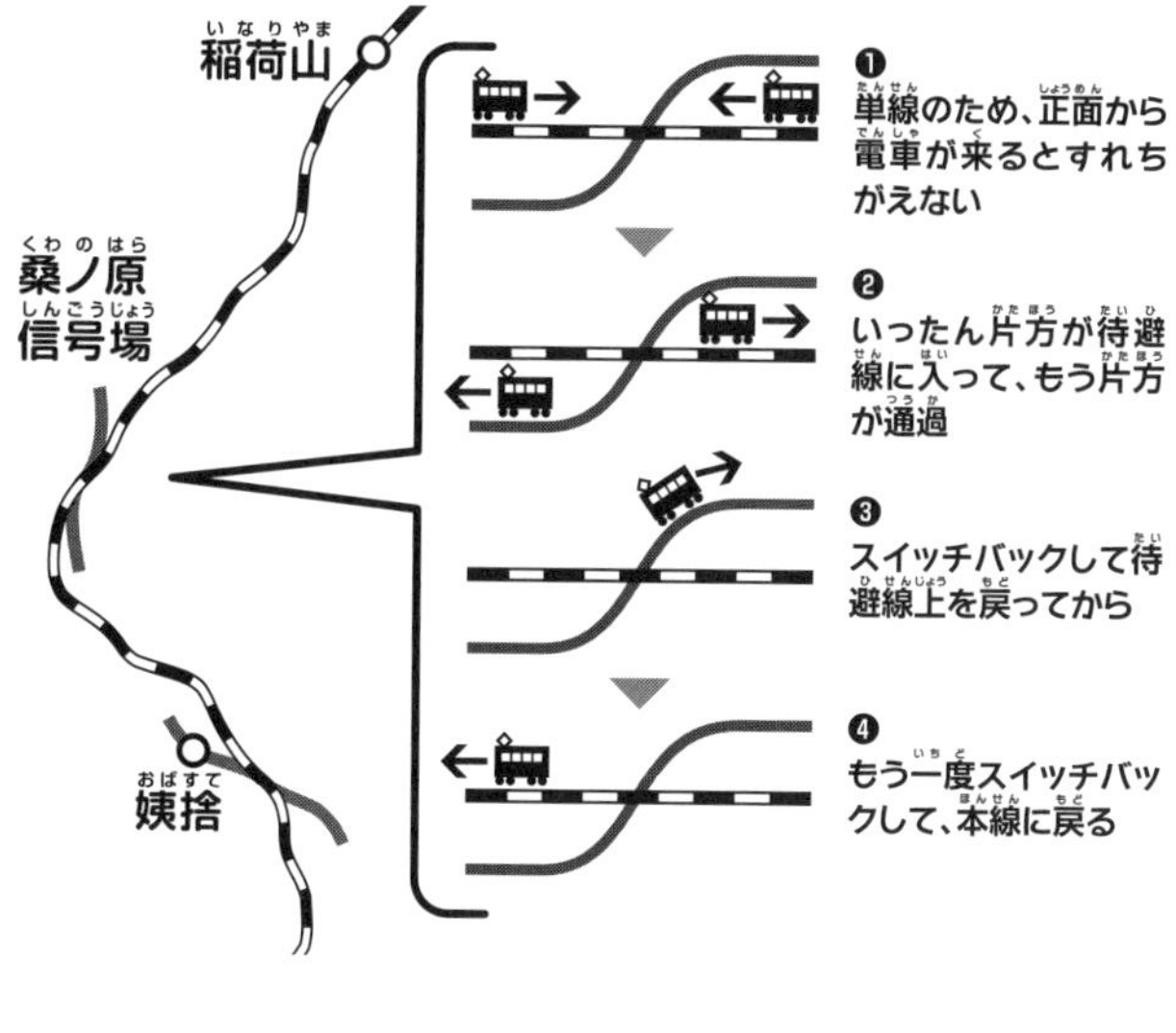

しばらくすると、左《ひだり》の車窓《しゃそう》にはホームが見《み》えてきた。
《姨捨《おばすて》……姨捨《おばすて》でございます》
運転手《うんてんしゅ》さんのアナウンスが流《なが》れる。
僕《ぼく》はみんなに声《こえ》をかけた。
「よしっ、ここで降《お》りるよ！」
キイイイイイイイイン、プシュユユユユ。
電車《でんしゃ》が停車《ていしゃ》して扉《とびら》が開《ひら》くと、空気《くうき》の抜《ぬ》ける音《おと》がした。
ふう〜〜、寒《さむ》っ！
長野駅《ながのえき》よりも数段《すうだん》、気温《きおん》が低《ひく》かった。
時計《とけい》を見《み》ると、時刻《じこく》は18時《じ》50分《ぷん》。
ホーム上《じょう》は黄色《きいろ》い線《せん》まで除雪《じょせつ》されていたけれど、端《はし》には雪山《ゆきやま》がこんもりとできている。
街灯《がいとう》も少《すく》なく、少《すこ》し薄暗《うすぐら》い。
姨捨駅《おばすてえき》はローカル駅《えき》で、真《ま》ん中《なか》に二組《ふたくみ》のレールをはさむ相対式《そうたいしき》ホームだった。
二《ふた》つのホームは古《ふる》い跨線橋《こせんきょう》で結《むす》ばれ、反対側《はんたいがわ》には屋根《やね》に雪《ゆき》を載《の》せた木造平屋《もくぞうひらや》の小《ちい》さな駅《えき》舎《しゃ》が見《み》えた。

当然《とうぜん》、無人駅《むじんえき》だ。

「なんだか、この駅《えき》、薄暗《うすぐら》くって不気味《ぶきみ》じゃない？」

未来《みらい》が辺《あた》りを見《み》まわしながらつぶやいた。僕《ぼく》はニヤリと笑《わら》う。

「まぁ、薄暗《うすぐら》いほうが、この駅《えき》はいいんだよね……」

「えっ？　薄暗《うすぐら》いほうがいい駅《えき》なんてあるの？」

扉《とびら》から「よいしょ！」と飛《と》び出《だ》してきて、トコトコとフェンスまで歩《ある》いた七海《ななみ》ちゃんが
「うわぁ――――!!」と、大《おお》きな声《こえ》をあげた。

「なに、なに？」

「ほら、ここからの……」

七海《ななみ》ちゃんの横《よこ》に並《なら》んだ未来《みらい》と大樹《たいき》も『うわぁ――――!!』と大声《おおごえ》を出《だ》した。

「こっ、これはすごいですね……」

大樹《たいき》はメガネの中《なか》の目《め》を大《おお》きく見開《みひら》いている。

「ここが、僕《ぼく》が大樹《たいき》に見《み》せたかった場所《ばしょ》さ！」

僕《ぼく》はフェンスの向《む》こうの景色《けしき》に向《む》かって、両腕《りょううで》を広《ひろ》げた。

キラキラと光《ひかり》の粒《つぶ》が帯《おび》になって続《つづ》いている。

長野《ながの》の街《まち》の夜景《やけい》が眼下《がんか》に広《ひろ》がっていた。

ここは僕《ぼく》にとって「駅《えき》から見《み》える夜景日本一《やけいにほんいち》の駅《えき》」！

姨捨駅《おばすてえき》は、崖《がけ》の上《うえ》にあるので、まるで展望台《てんぼうだい》からのように、長野《ながの》の街《まち》の素晴《すば》らしい夜景《やけい》がホームから見《み》えるんだ。

「うわぁ～きれい～」

未来《みらい》はデジカメをケースから取《と》り出《だ》して、夜景《やけい》モードに切《き》り替《か》えると、しっかりと脇《わき》をしめながらシャッターを切《き》りだした。

「なんてきれいなのかしら。……雄太君《ゆうたくん》はここを知《し》っていたんだ」

白《しろ》い息《いき》を吐《は》きながら七海《ななみ》ちゃんが言《い》った。

「ここは『日本三大車窓《にほんさんだいしゃそう》』の一《ひと》つなんだって。父《とう》さんがそう言《い》って、前《まえ》に連《つ》れてきてくれたんだよ」

「日本三大車窓《にほんさんだいしゃそう》？」

僕《ぼく》は、うんとうなずく。

「北海道《ほっかいどう》根室本線《ねむろほんせん》の狩勝峠越《かりかちとうげご》え。熊本県《くまもとけん》と宮崎県《みやざきけん》の県境《けんざかい》にある肥薩線《ひさつせん》の矢岳越《やたけご》え。そして、ここ篠ノ井線《しののいせん》の姨捨《おばすて》。この三《みっ》つの駅《えき》からの景色《けしき》が美《うつく》しいって、昔《むかし》、JR《ジェイアール》が国鉄《こくてつ》だったころに決《き》めたんだって～」

「へぇ～」

「ちなみに北海道《ほっかいどう》根室本線《ねむろほんせん》の狩勝峠越《かりかちとうげご》えはルートが変《か》わっちゃって、今《いま》では見《み》ることができないから、日本二大車窓《にほんにだいしゃそう》になってるんだけどね」

僕《ぼく》はアハッと、肩《かた》をすくめた。

そこへ大樹《たいき》もやってくる。

「確《たし》かにここからの夜景《やけい》はすごいなぁ。しっかり心《こころ》に焼《や》きつけたよ。ありがとう、雄太《ゆうた》」

僕《ぼく》は首《くび》を横《よこ》に振《ふ》る。

「そんなのお礼《れい》を言《い》われることじゃないよ。ここを大樹《たいき》に見《み》てほしかったんだ……デザインの参考《さんこう》になればいいなと思《おも》って」

「そうか……」

思《おも》う存分《ぞんぶん》、夜景《やけい》の撮影《さつえい》をし終《お》えた未来《みらい》が、息《いき》を弾《はず》ませながら戻《もど》ってくる。

「雄太《ゆうた》〜ぁ」

「なに？　未来《みらい》」

「確《たし》かにここは、すっごぉぉぉく夜景《やけい》がきれいだけどさぁ」

「だけど？　なに？」

「夜景《やけい》といえば今《いま》までも……、名古屋駅《なごやえき》のホテルや、北海道新幹線《ほっかいどうしんかんせん》で行《い》った函館《はこだて》なんかも、とってもきれいだったでしょ？」

「そうだね。どこもきれいだったね」

未来《みらい》はそこで少《すこ》しモジモジして、ちょっと言《い》いにくそうに続《つづ》ける。

「大樹君《たいきくん》だってきれいな夜景《やけい》は函館《はこだて》でも見《み》ているんだし、『ＪＲ《ジェイアール》の駅《えき》から見《み》えるきれいな夜景《やけい》』ってだけだと……デザインの参考《さんこう》にならないんじゃない？」

大樹《たいき》はすかさず首《くび》を横《よこ》に振《ふ》る。

「未来《みらい》さん、経験《けいけん》はマイナスにはなりません。すべてはプラス……足《た》されていくんです」

未来《みらい》ははっとして、ウンと大《おお》きくうなずく。

「そうだねっ！　きっと、こういう駅《えき》もなにかの参考《さんこう》になるよねっ！」

「はい、きっと」

みんなは僕《ぼく》がここへ連《つ》れてきた理由《りゆう》を「夜景《やけい》が見《み》える駅《えき》だから」と思《おも》っているけど、実《じつ》はそれだけじゃないんだなぁ～。

僕《ぼく》は、前《まえ》に姨捨《おばすて》のホームでそれを見《み》て、すごく感動《かんどう》したんだ。

それは、とても小《ちい》さなことだけど、日本《にほん》でもここだけにしかないものだと思《おも》う……。

僕《ぼく》は三人《にん》に声《こえ》をかける。

「実《じつ》は、この駅《えき》に来《き》たのは、きれいな夜景《やけい》を見《み》るためだけじゃないんだ……。もう一《ひと》つ、おもしろいことがあるんだよ」

みんながいっせいに振《ふ》り返《かえ》る。

『おっ、おもしろいこと!?』

「そう、ここ姨捨《おばすて》にしかないことがねっ」

僕《ぼく》はすっと目線《めせん》をそらせて、少《すこ》し先《さき》のベンチに座《すわ》る遠藤《えんどう》さんと佐川《さがわ》さんを見《み》つめた。

二人《ふたり》は目《め》の前《まえ》に広《ひろ》がる夜景《やけい》を見《み》ながら、おしゃべりに夢中《むちゅう》だ。

「越乃《こしの》Shu《シュ》*Kura《クラ》のお酒《さけ》は、とっても美味《おい》しかったですねぇ」

「今日《きょう》は晴《は》れたので、青海川駅《おうみがわえき》からの日本海《にほんかい》も輝《かがや》いて見《み》えましたしね」

佐川《さがわ》さんは遠藤《えんどう》さんがなにかを言《い》うたびに、クスクスと楽《たの》しそうに笑《わら》っていた。

そんな二人《ふたり》を見《み》ていた大樹《たいき》が、はっと気《き》づいた。

「あっ!! ベンチが逆《ぎゃく》に向《む》いている――!!」

「本当《ほんとう》だぁ!」

「えっ!? どうして、ホームの外《そと》へ向《む》けて設置《せっち》されているの!?」

七海《ななみ》ちゃんも未来《みらい》も目《め》を大《おお》きく開《ひら》いた。

「ねぇ～おもしろいでしょ?」

そうなんだ。普通《ふつう》、どんなに周囲《しゅうい》の景色《けしき》がきれいでも、ホームにあるベンチの正面《しょうめん》は、車両《しゃりょう》が来《く》るレール側《がわ》に向《む》けられてるよね?

だけど、姨捨駅《おばすてえき》は、その反対《はんたい》。背《せ》もたれがレール側《がわ》にあるんだ! ここへ景色《けしき》を見《み》にくるお客《きゃく》さんのために、JR東日本《ジェイアールひがしにほん》さんがわざわざ逆向《ぎゃくむ》きに設置《せっち》してくれているんだ。

「僕《ぼく》、『お客《きゃく》さんが喜《よろこ》ぶ』ことって、こういうことじゃないかなぁって思《おも》うんだ」

「……なるほど確《たし》かに……」

大樹《たいき》はそう言《い》って、口《くち》を一文字《いちもんじ》に結《むす》んだ。

「豪華《ごうか》な設備《せつび》があって、車内《しゃない》で美術《びじゅつ》、ジャズ、落語《らくご》なんかのイベントがあるのは、もちろんすっごく楽《たの》しいけど、こうして、駅《えき》に設置《せっち》するベンチの向《む》きを変《か》えるだけで、このホームにいるのがよけいに楽《たの》しくなっちゃう。これもまた、すてきなデザインなんじゃないのかなぁ」

僕《ぼく》は仲良《なかよ》さそうに肩《かた》を並《なら》べてベンチに座《すわ》っている佐川《さがわ》さんと遠藤《えんどう》さんを見《み》ながら言《い》った。

大樹《たいき》が、僕《ぼく》の両手《りょうて》をガシッとつかんだのはその時《とき》だった。

「ありがとう、雄太《ゆうた》！」

その目《め》は、少《すこ》しうるんでいるように見《み》えた。

「僕《ぼく》、なにをデザインすればいいのか、やっとわかった気《き》がするよ」

「なにをデザインすればいいか？」

聞《き》き返《かえ》すと、大樹《たいき》はしっかりとうなずいた。

「うん。わかったんだ。大事《だいじ》なことが！　僕《ぼく》はお客《きゃく》さんの笑顔《えがお》をデザインする！」

すっげぇ！　やっぱり、大樹《たいき》は。

「いいね、それ！　きっと、大樹《たいき》ならできるよ！」

「あぁ、僕《ぼく》はいつか、乗《の》った人《ひと》がみんな笑顔《えがお》になるような車両《しゃりょう》をデザインする！」

「その列車《れっしゃ》を運転《うんてん》するのは、僕《ぼく》だよ！」

「そうなったら最高《さいこう》だな」

「きっとそうなるよ！」

僕《ぼく》はしっかりと大樹《たいき》の手《て》を握《にぎ》り返《かえ》した。

ゆっくりと見《み》あげた空《そら》には、星《ほし》が無数《むすう》にまたたいている。

その時《とき》、一筋《ひとすじ》の流《なが》れ星《ぼし》が、長《なが》く長《なが》く、僕《ぼく》らの頭上《ずじょう》を通《とお》りすぎていった。

（おしまい）

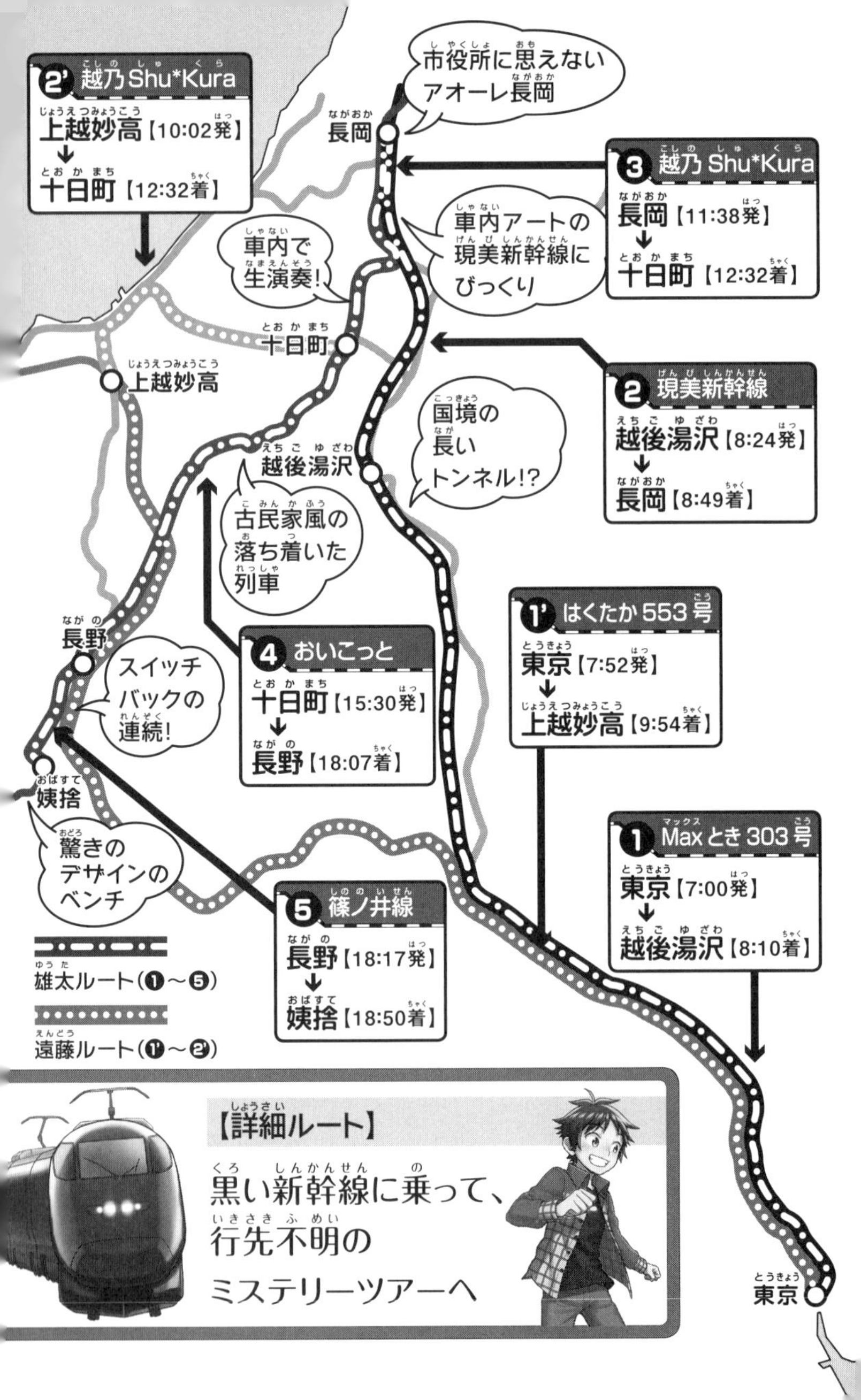

2' 越乃《こしの》Shu*Kura《しゅくら》
上越妙高《じょうえつみょうこう》【10:02発《はつ》】
十日町《とおかまち》【12:32着《ちゃく》】
市役所《しやくしょ》に思《おも》えない
アオーレ長岡《ながおか》
長岡《ながおか》
3 越乃《こしの》 Shu*Kura《しゅくら》
長岡《ながおか》【11:38発《はつ》】
十日町《とおかまち》【12:32着《ちゃく》】
車内《しゃない》アートの
現美新幹線《げんびしんかんせん》に
びっくり
車内《しゃない》で
生演奏《なまえんそう》!
十日町《とおかまち》
上越妙高《じょうえつみょうこう》
2 現美新幹線《げんびしんかんせん》
越後湯沢《えちごゆざわ》【8:24発《はつ》】
長岡《ながおか》【8:49着《ちゃく》】
国境《こっきょう》の
長《なが》い
トンネル!?
越後湯沢《えちごゆざわ》
古民家風《こみんかふう》の
落《お》ち着《つ》いた
列車《れっしゃ》
1' はくたか553号《ごう》
東京《とうきょう》【7:52発《はつ》】
上越妙高《じょうえつみょうこう》【9:54着《ちゃく》】
長野《ながの》
4 おいこっと
十日町《とおかまち》【15:30発《はつ》】
長野《ながの》【18:07着《ちゃく》】
スイッチ
バックの
連続《れんぞく》!
姨捨《おばすて》
驚《おどろ》きの
デザインの
ベンチ
1 Max《マックス》とき303号《ごう》
東京《とうきょう》【7:00発《はつ》】
越後湯沢《えちごゆざわ》【8:10着《ちゃく》】
5 篠ノ井線《しののいせん》
長野《ながの》【18:17発《はつ》】
姨捨《おばすて》【18:50着《ちゃく》】
雄太《ゆうた》ルート(❶〜❺)
遠藤《えんどう》ルート(❶'〜❷')
【詳細《しょうさい》ルート】
黒《くろ》い新幹線《しんかんせん》に乗《の》って、
行先不明《いきさきふめい》の
ミステリーツアーへ
東京《とうきょう》

あとがき

作者《さくしゃ》の豊田巧《とよだたくみ》です。暖《あたた》かくなってきたけど、みんな楽《たの》しく電車《でんしゃ》に乗《の》っているかな？

今回《こんかい》T3《ティースリー》のメンバーが旅行《りょこう》したのは、新潟《にいがた》から長野《ながの》でした。ここはたくさんの雪《ゆき》が降《ふ》るエリアだけど、お米《こめ》、おそば、おみそなどが名産《めいさん》だから、駅《えき》で下車《げしゃ》してご飯《はん》を食《た》べると、とてもおいしいんだよ。僕《ぼく》も雄太《ゆうた》たちと同《おな》じコースを乗《の》りましたが、飲《の》んで食《た》べて遠藤《えんどう》さんのように楽《たの》しく過《す》ごせました。みんなも新潟《にいがた》や長野《ながの》へ旅行《りょこう》に行《い》くチャンスがあったら、楽《たの》しい観光列車《かんこうれっしゃ》に乗《の》りながら、地元《じもと》のおいしい食《た》べものや飲《の》みものを味《あじ》わってみてね。

さて、今回《こんかい》のお知《し》らせです。僕《ぼく》が原作《げんさく》、田伊《たい》りょうき先生《せんせい》がマンガを描《か》いている『きっぷでGO《ゴー》！』（ポプラ社《しゃ》）という鉄道《てつどう》マンガが、四月《がつ》から朝日小学生新聞《あさひしょうがくせいしんぶん》で、毎週一回連《まいしゅういっかいれん》載《さい》されています。この新聞《しんぶん》は学校《がっこう》の図書室《としょしつ》や図書館《としょかん》に入《はい》っていることもあるから、みんなもチャンスがあったら、ぜひ読《よ》んでみてくださいね。こっちも鉄道《てつどう》の楽《たの》しさ感《かん》がビシビシ伝《つた》わってくる楽《たの》しい作品《さくひん》になっていますので〜。

さらに、『電車《でんしゃ》で行《い》こう！　公式《こうしき》サイト』では、「トレインなんでも調査団《ちょうさだん》」というコーナーを展開中《てんかいちゅう》です。

ここでは雄太《ゆうた》たちT3《ティースリー》のメンバーが、実際《じっさい》の鉄道会社《てつどうがいしゃ》さんへ出《で》かけて行《い》って車両基地《しゃりょうきち》を見学《けんがく》したり、運転手《うんてんしゅ》さんに「どうすれば運転手《うんてんしゅ》になれますか？」などインタビューしているから、将来《しょうらい》「運転手《うんてんしゅ》になりたい！」って思《おも》っている君《きみ》は、毎週必《まいしゅうかなら》ずチェックしてみてね。

しかも、雄太《ゆうた》たちに調《しら》べてほしいことも募集《ぼしゅう》しているよ。

それから、みんなは『電車《でんしゃ》で行《い》こう！　スペシャル版《ばん》!!　つばさ事件簿《じけんぼ》　～120円《えん》で新幹線《しんかんせん》に乗《の》れる!?～』は、もう読《よ》んでくれたかな？　つばさやひろみもこれからメンバーとして、『電車《でんしゃ》で行《い》こう！』にどんどん登場《とうじょう》する予定《よてい》だから、よろしくね。

そして！　今年《ことし》の夏《なつ》の『電車《でんしゃ》で行《い》こう！』は、二か月連続刊行《げつれんぞくかんこう》が決定《けってい》！　七月発売分《しちがつはつばいぶん》は『？？？検定《けんてい》！』にする予定《よてい》です。僕《ぼく》も頭《あたま》をひねりながら、ムゥとうなりつつ、とっておきの『？？？』問題《もんだい》を作《つく》っているから、みんなも鉄道《てつどう》の勉強《べんきょう》をしっかりしながら『？？？検定《けんてい》！』の発売《はつばい》を楽《たの》しみに待《ま》っていってね！

それでは、次回《じかい》の『電車《でんしゃ》で行《い》こう！』をお楽《たの》しみに！

集英社みらい文庫

電車《でんしゃ》で行《い》こう!

黒《くろ》い新幹線《しんかんせん》に乗《の》って、行先不明《いきさきふめい》のミステリーツアーへ

豊田《とよだ》 巧《たくみ》 作
裕龍《ゆうりゅう》ながれ 絵

ファンレターのあて先
〒101-8050 東京都千代田区一ツ橋 2-5-10 集英社みらい文庫編集部
いただいたお便りは編集部から先生におわたしいたします。

2017年 4月30日 第1刷発行
2022年 6月15日 第3刷発行

発行者 北畠輝幸
発行所 株式会社 集英社
〒101-8050 東京都千代田区一ツ橋 2-5-10
電話 編集部 03-3230-6246
読者係 03-3230-6080
販売部 03-3230-6393（書店専用）
http://miraibunko.jp
装丁 高橋俊之（ragtime） 中島由佳理
編集協力 五十嵐佳子
印刷 凸版印刷株式会社
製本 凸版印刷株式会社

★この作品はフィクションです。実在の人物・団体・事件などにはいっさい関係ありません。

ISBN978-4-08-321369-4 C8293 N.D.C.913 188P 18cm

※作品中の鉄道および電車の情報は2017年3月のものを参考にしています。
電車で行こう! 公式サイトオープン!! http://www.denshadeiko.com

人気《にんき》テレビ企画《きかく》がついにノベライズ！

3人《にん》1組《くみ》になった知神《ちしん》チーム、武神《ぶしん》チーム、技神《ぎじん》チームが最初《さいしょ》に島《しま》から脱出《だっしゅつ》するチームを競《きそ》う無人島《むじんとう》サバイバル!!
世界一《せかいいち》キケンなレース「脱出島《だっしゅつじま》」で9人《にん》の小学生《しょうがくせい》のサバイバルが開幕《かいまく》！

脱出島《だっしゅつじま》からのサバイバルに挑《いど》む9人《にん》！
神坂《かみさか》優聖《ゆうせい》
新作《にいざく》千明《ちあき》
三星《みほし》アユ
夕南《ゆな》レオン
朝日《あさひ》美海《みうみ》
OK!
アイ・アム・冒険少年《ぼうけんしょうねん》
脱出島《だっしゅつじま》
オリジナルストーリー
無人島《むじんとう》サバイバルスタート！
原案：アイ・アム・冒険少年《ぼうけんしょうねん》（TBS）
著：あいはらしゅう
絵：神《かみ》のさき
好評発売中《こうひょうはつばいちゅう》！

「みらい文庫《ぶんこ》」読者《どくしゃ》のみなさんへ

言葉《ことば》を学《まな》ぶ、感性《かんせい》を磨《みが》く、創造力《そうぞうりょく》を育《はぐく》む……、読書《どくしょ》は「人間力《にんげんりょく》」を高《たか》めるために欠《か》かせません。たった一枚《いちまい》のページをめくる向《む》こう側《がわ》に、未知《みち》の世界《せかい》、ドキドキのみらいが無限《むげん》に広《ひろ》がっている。これこそが「本《ほん》」だけが持《も》っているパワーです。

学校《がっこう》の朝《あさ》の読書《どくしょ》に、休《やす》み時間《じかん》に、放課後《ほうかご》に……。いつでも、どこでも、すぐに続《つづ》きを読《よ》みたくなるような、魅力《みりょく》に溢《あふ》れる本《ほん》をたくさん揃《そろ》えていきたい。読書《どくしょ》がくれる、心《こころ》がきらきらしたり胸《むね》がきゅんとする瞬間《しゅんかん》を体験《たいけん》してほしい、楽《たの》しんでほしい。みらいの日本《にほん》、そして世界《せかい》を担《にな》うみなさんが、やがて大人《おとな》になった時《とき》、「読書《どくしょ》の魅力《みりょく》を初《はじ》めて知《し》った本《ほん》」「自分《じぶん》のおこづかいで初《はじ》めて買《か》った一冊《いっさつ》」と思《おも》い出《だ》してくれるような作品《さくひん》を一所懸命《いっしょけんめい》、大切《たいせつ》に創《つく》っていきたい。

そんないっぱいの想《おも》いを込《こ》めながら、作家《さっか》の先生方《せんせいがた》と一緒《いっしょ》に、私《わたし》たちは素敵《すてき》な本作《ほんづく》りを続《つづ》けていきます。「みらい文庫《ぶんこ》」は、無限《むげん》の宇宙《うちゅう》に浮《う》かぶ星《ほし》のように、夢《ゆめ》をたたえ輝《かがや》きながら、次々《つぎつぎ》と新《あたら》しく生《う》まれ続《つづ》けます。

本《ほん》を持《も》つ、その手《て》の中《なか》に、ドキドキするみらい――。

本《ほん》の宇宙《うちゅう》から、自分《じぶん》だけの健《すこ》やかな空想力《くうそうりょく》を育《そだ》て、〝みらいの星《ほし》〟をたくさん見《み》つけてください。

そして、大切《たいせつ》なこと、大切《たいせつ》な人《ひと》をきちんと守《まも》る、強《つよ》くて、やさしい大人《おとな》になってくれることを心《こころ》から願《ねが》っています。

2011年《ねん》　春《はる》

集英社《しゅうえいしゃ》みらい文庫《ぶんこ》編集部《へんしゅうぶ》